한시, 슬픈 감성으로 가을을 읊다

전남대학교 아시아문화연구소 총서 2

한시, 슬픈 감성으로 가을을 읊다
Chinese classical poetry, Song of Sorrowful Autumn

지은이   권명숙
펴낸이   오정혜
펴낸곳   예문서원

편집   김병훈 · 유미희
인쇄 및 제본   주) 상지사 P&B

초판 1쇄   2015년 2월 27일

출판등록   1993년 1월 7일(제307-2010-51호)
주소   서울시 성북구 안암로9길 13, 4층
전화   925-5914 | 팩스   929-2285
홈페이지   http://www.yemoon.com
전자우편   yemoonsw@empas.com

 ISBN  978-89-7646-335-7    03820
© 權明淑 *2015 Printed in Seoul, Korea*

YEMOONSEOWON #4 Gun-yang B,D 41-10 Anamdong 4-Ga Seongbuk-Gu Seoul KOREA 136-074
 Tel) 02-925-5914 Fax) 02-929-2285

값  17,000원

전남대학교 아시아문화연구소 총서 2

# 한시, 슬픈 감성으로 가을을 읊다

권명숙 지음

예문서원

# 책을 펴내며

　　오늘날 우리가 가을을 슬픈 감성과 연결 지으면서 나아가 독서의 계절, 문학의 계절, 시의 계절로 받아들이는 것은 오랜 세월 동안 문화·관습적으로 길들여진 전통의 결과이다. 인간 감성 중의 슬픔과 가을의 이미지가 융화하여 이루어진 비추悲秋감성은 유구한 전통을 가지고 있는 문학적 형상이면서 동서양에 공히 나타나는 보편적 감성이기도 하다.

　　동양의 지식인들은 일찍부터 가을이 되면 인간의 마음이 한결 침울하고 심원해진다고 간파하였으며, 수심을 나타내는 글자인 수愁도 '가을 추'(秋)와 '마음 심'(心)을 합하여 만들었다. 서양의 경우에도, 고대 그리스인들이 인간의 기질을 넷으로 분류하여 사계절과 대응시킬 때에 우울과 슬픔을 가을에 해당시켰으며, 문학장르 중에서도 가을을 비극과 대비시키고 있다. 이러한 사실들을 통해서 비추감성이 동서양의 보편적 감성임을 확인할 수 있다.

인간의 감성 중에서 슬픔은 부정적인 면도 지니고 있지만 한편으로는 최고의 긍정적인 감성과도 통한다. 우리는 문학작품 속에서 지극한 환락의 끝자락에 오롯한 슬픔이 자리하고 있는 것을 볼 수 있으며, 예술의 최고 경지를 드러낼 때에도 눈물이나 슬픔을 통해 표현하는 경우를 자주 만난다. 또한 슬픔은 인생의 허무감을 극복하는 대안이 되기도 하여, 어떤 철학자는 인간이 위대한 일을 할 수 있는 것은 철저하게 비참하다는 감정을 느낄 수 있기 때문이라고 하면서 우울함, 슬픔 등을 인간의 가치 관념으로 규정하기도 하였다.

이러한 연유들로 인해 문학의 역사가 시작되고 난 후로 슬픔을 주제로 한 작품들이 끊임없이 창작되고 전승되어 내려왔다. 그리하여 비극의 역사는 매우 장구한데, 그러한 비극작품 속에는 인간의 다종다양한 슬픔이 유장하게 펼쳐져 있다. 독자들은 그러한 작품들을 통해 타인의 객관화된 슬픔과 대면하여 자신에게 찾아든 비극들을 위로하고 치유받으며 서서히 내면의 안정을 찾아가게 되는데, 이 것이 곧 비극문학의 가치이기도 하다.

이 책은 필자의 문학박사 학위논문인 「중국 고전 시가 속 비추감 성의 사회화 과정 연구」를 바탕으로 하고 있다. 곧 중국문학사의 발 전과정에 따라 가을과 관련한 인간 감성을 분석하고 가을문화를 탐 색하여 비추감성의 보편화·사회화 과정을 밝힌 논문 중, 비추감성 부분을 수정 보완하여 다시 차례를 엮은 것이다. 선별된 작품들은 "시연정詩緣情"의 시각에서 시인의 감성을 살펴보는 데 주안점을 두 었다.

전통적인 중국 학문의 특성은 감성적 경험을 기초로 한 체득적 지식과 인본주의적 성격을 바탕으로 하고 있다. 그래서 필자는 중국 문학사를 따라 비추감성이 싹트고 발전하여 사회적 감성으로 안착 하기까지의 과정을 살펴봄으로써 개별 작가의 다채로운 인생 역정

뿐 아니라 각 시대의 분위기까지 파악하고 아울러 인간의 보편적인 감성체계까지 살펴보는 하나의 창이 될 수 있기를 기대하였다. 비추 감성은 단순한 정경합일의 문학적 의상意象에 그치는 것이 아니라 하나의 틀을 형성한 문인들의 공통된 문화적 울음이었기 때문이다. 그들은 비추감성을 통해 실컷 울었지만 그 모습은 결코 누추하지 않았다. 그들은 그 울음을 오히려 인생, 자연의 질서, 우주의 원리까지 담아내는 문학적 형상으로 키워 냄으로써 개인의 현실적 한계를 극복하고 승화시켰다.

현대사회를 살아가는 우리들도 참으로 울고 싶은 상황에 직면할 때가 많다. 기득권자들은 이중 삼중의 안전장치 속에서 보호받지만 그렇지 못한 대중들은 끊임없이 부당한 현실에 직면하여 그것을 감내하며 살아야 하기 때문이다. "고을 관리는 불을 질러도 괜찮지만 일반 서민들은 등불 켜는 것도 허락되지 않는다"라는 전통시대의 속담이 21세기 초 과학주의의 현실 앞에서도 여전히 유효한 실정이다. 이러한 시대를 살아가는 수많은 낮은 자들의 마음이 비추 시가를 통해 위로받으며 자신들의 삶을 관조할 수 있게 되기를 희망한다.

차례 ▪

# 제1장 가을 감성의 문화 · 사회적 배경

# 1. '가을 추'(秋)의 문자적 유래

한자는 뜻을 나타내는 표의문자表意文字이기 때문에 어떤 선험적인 이미지를 가질 수 있고, 한 낱말에 다양한 이미지를 내포할 수도 있다. 오늘날 秋(가을 추)의 자형을 보면 바로 풍요로움의 이미지를 떠올릴 수 있는데, 그것은 곡물을 총칭하는 禾(벼 화)와 따뜻함이나 기쁨의 이미지를 가지고 있는 火(불 화)로 구성되어 있기 때문이다. 이와 같은 방법으로 오늘날 우리가 사용하고 있는 秋의 자형이 만들어지기까지의 '가을'을 의미하는 글자의 모습을 분석해 본다면, 우리는 그것을 통해 고대인들이 가을에 대해 가졌던 여러 가지 사고들을 유추해 볼 수 있을 것이다.

중국의 초기 역사시기에 해당하는 은나라와 주나라 초반에는 일 년을 봄과 가을 두 계절로 나누었다고 한다. 때문에 춘추春秋라고 하면 일 년을 의미하는 말로 쓰이기도 했는데, 이를 통해 옛사람들에게 일찍부터 인식되었던 계절이 봄과 가을이었음을 짐작할 수 있다. 그러다 본격적인 농경문화가 시작되면서 농업의 생산력과 밀접한 관계성을 가진 기후의 변화에 관심이 깊어지면서 사계절에 대한 개념의 분화가 이루어졌을 것으로 생각한다.

일반적으로 가을을 의미하는 글자 秋의 어원에 관한 학설은 크게 두 가지로 나뉘고 있다. 하나는 메뚜기를 잡아 불에 태우는 모습을 형상화하였다는 설이고, 또 다른 하나는 가을이 되어 농작물이 노랗게 익어갈 때쯤이면 귀뚜라미가 출현하기 때문에 귀뚜라미와 농작물을 반영하고 있다는 설이다. 전자는 가을이라는 계절에 삶의 고단한 이미지를 반영하고 있으며, 후자는 풍요로움과 낭만적인 감성을 느끼게 해 준다. 먼저 메뚜기를 잡아 불에 태우는 모습을 형상화하였다는 설부터 살펴보기로 하겠다.

다음은 은대 갑골문에 보이는 秋의 자형들이다.[1]

| 秋 | | | | |
|---|---|---|---|---|
| 출처 | 1期<br>《乙》4741 | 3期<br>《后下》33.1 | 4期<br>《粹》251 | 4, 5期<br>《掇》143 |

글자의 형상을 자세히 관찰해 보면, 위에는 메뚜기와 같은 곤충의 형상이 있고 아래는 불꽃이 타오르고 있는 모습처럼 보인다. 갑

---

1) 高明 編, 『古文字類編』(동문선, 2003), 272쪽.

골문을 연구하는 학자들에 의하면 당시 농경민족에게 있어서 가을철 수확기의 메뚜기 떼는 생존을 위협하는 매우 위험스러운 존재였다고 한다. 따라서 메뚜기 떼와 관련하여 점을 치는 일이 국가의 중대사였는데, 갑골문에 남아 있는 다음과 같은 점사들이 그러한 학설을 뒷받침해 준다.[2]

1. 弜告秋于上甲(메뚜기의 일로 上甲에게 告祭를 지내지 않아도 될까요?) 『甲骨文合集』 33230 제4기
2. 今歲秋不至玆商(올해 추수를 해치는 메뚜기가 이곳 商에 이르지 않을까요?) 『甲骨文合集』 24225 제2기
3. 其寧秋于帝五丰臣于日告(메뚜기의 재앙을 잠재우기 위해 제왕의 다섯 신하에게 낮에 告祭를 드릴까요?) 『小屯南地甲骨』 930 제1기

이와 같은 점사들을 통해 메뚜기 떼의 침공이 당시의 사람들에게 얼마나 큰 두려움이었는지 짐작할 수 있다. 은대의 문명수준이 비록 높았다고는 하지만 농업기술이 크게 발달하지 않은 상황에서 농업생산력은 지극히 미미했다. 그렇기 때문에 한 해의 수확물을 빼앗기지 않고 지키는 일은 생사와도 직결되는 중대사였다. 따라서 메

---

2) 양동숙, 『갑골문해독』(월간서예문인화, 2007), 555~557쪽.

뚜기 떼의 출현 여부는 그만큼 커다란 관심사였을 것이다. 그러다
보니 가을은 풍요로운 계절로 인식되기보다 메뚜기 떼로부터 식량
을 지켜야 하는 고단한 시기로 느껴졌을 것이다. 이것은 가을이면
새 떼나 곤충들로부터 과수나 농작물을 지켜야 하는 오늘날의 사람
들에게도 여전히 지속되고 있는 가을 이미지가 될 것이다. 그러한
당시의 상황들이 갑골문 秋의 자형에 반영되었을 것으로 추측한다.

다음은 그러한 내용을 뒷받침해 주는 견해이다.

秋는 본디 메뚜기와 火(불)로 구성된 글자였으나 이후 禾(벼) 자가
첨가되었고, 다시 메뚜기를 표시한 형체가 탈락되어 지금의 글자
를 이루게 되었다. 수확의 계절인 가을에 가장 큰 적은 메뚜기 떼
였다. 秋는 바로 메뚜기 떼의 공격을 막기 위해 그것을 불태워 죽
이는 모습이 반영된 글자이다.[3]

위에 나타나 있듯이 "메뚜기를 불에 태우는 형상을 한 秋의 자형
은 갑골문에서 금문金文까지 이어지다가, 소전小篆에 이르러 火와 禾
로 변하였고, 해서楷書에서 秋 자로 정형화되었다고 한다."[4] 즉 메뚜

---

3) 하영삼, 『연상한자』(예담, 2007), 291쪽.
4) 양동숙, 『갑골문해독』(월간서예문인화, 2007), 559쪽.

기를 불에 태우는 형상의 秋 자가 은나라에서 주나라까지 이어지다가 진秦나라 때에 이르러 비로소 禾(벼)와 火(불)로 구성이 바뀌어 오늘날의 秋 자로 정형화되었다는 설명이다. 이는 진나라 때에 이르러 가을에 대한 이미지가 그 이전과 확연히 달라졌음을 시사한다. 즉 은나라 때부터 가을이 줄곧 지니고 있었던 고단한 현실의 이미지가 진나라 때에 이르러 풍요로움의 이미지로 바뀌게 되었다는 것이다.

그렇다면 그와 같은 사고의 변화는 어디에 기인한 것이었을까? 그것은 아마도 춘추전국시대에 비약적으로 증대하게 된 농업생산력 때문이 아니었을까 생각한다. 춘추전국시대는 정치적으로는 대단히 혼란한 시기였지만 사회경제적인 면에 있어서는 여러 가지 측면에서 인류의 대단한 진보가 있었다. 그 중 하나는 부국의 기초를 농업에 둠으로써 철제농기구가 등장하고 소를 이용한 심경법深耕法이 등장하여 황무지가 개간되고 단위면적당 생산량이 급증하였다는 점이다. 바로 이러한 농업생산력의 향상이 일반 백성들의 가을에 대한 이미지까지 변화시켰을 것으로 추정한다. 여기에 자연기후적인 측면에서 가을은 다른 계절에 비해 비교적 쾌청한 날씨를 형성했을 터이니, 먹을 것이 어느 정도 해결되고 난 후의 가을 이미지는 이제 삭막한 현실감을 벗은 이미지였을 것이다.

다음은 『한자원류자전』에 있는 秋 자 관련 내용 중 글자의 구조에 대한 설명이다.

秋는 상형자로, 갑골문에서는 귀뚜라미의 형체를 본떴다. 가을이
되면 귀뚜라미가 우니, 이것을 빌려 농작물이 익어 가는 가을을
표시했다.[5]

위의 내용에 의하면 갑골문에 나타나고 있는 秋의 모습이 귀뚜라
미의 형체를 본뜬 것으로 되어 있다. 그것은 아마 귀뚜라미의 형상이
메뚜기와 비슷하기 때문에 빚어진 오해가 아닐까 생각한다. 『한자원
류자전』의 설명은 본의를 허신許愼의 『설문해자』에 근거하였다고 밝
히고 있는데, 단옥재는 『설문해자주』에서 秋 자를 다음과 같이 설명
하고 있다.

"𥝓는 벼와 곡식이 익었다는 뜻이다"에 대해 주注한다. 그때는 만
물이 모두 무르익는데, 벼보다 귀한 것이 없다. 그리하여 벼로 의
미를 삼은 것이다. 화禾를 말하고 다시 곡穀을 말한 것은 백곡百穀
을 갖추어 말한 것이다. 『예기禮記』에 이르길 "서쪽은 가을이고,
가을은 수확을 의미한다"라고 하였다. 화禾는 의미 부분이고, 초龝

---

5) 谷衍奎 編, 『漢字源流字典』(中國: 語文出版社, 2008), 874쪽, "象形字, 甲骨文像蟋蟀之
形. 秋至而蟋蟀鳴, 借以表示莊稼成熟的秋天."

는 소리를 살피니 칠七과 유由의 반절('추')이다.6)

『설문해자』에서의 가을은 농작물이 익어 가는 풍요로움의 이미
지를 반영하고 있는데, 이는 『설문해자』의 저자 허신이 살았던 한대
사람들의 가을 이미지가 될 것이다. 그 후 위진魏晉시기에 이르게 되
면 천문, 지리 등을 해설한 『이아』에 주를 쓴 곽박郭璞의 글을 통해서
가을의 또 다른 이미지를 읽어 낼 수 있는데, 다음과 같다.

　　"가을 하늘을 민천旻天이라고 한다"에 대해 주한다. 민旻은 근심스
　　럽다는 민愍과 같은데, 만물이 시들어 떨어지는 것을 근심스럽게
　　여긴 것이다.7)

사계절에 대한 하늘을 설명하면서 가을의 하늘을 이와 같이 풀
이했다. 이는 바로 만물이 시들어 떨어지는 쇠락의 이미지를 빌려
가을을 슬픔과 연결하고 있는 비추의 이미지이다. 이러한 비추 이미
지는 위진시기 이후 수많은 문인들의 사랑을 받으며 문학작품 속에

---

　6) 段玉裁, 『說文解字注』(中國: 上海古籍出版社, 1988), 327쪽, "烌禾穀孰也. 注, 其時萬
　　物皆老, 而莫貴於禾穀. 故從禾. 言禾復言穀者, 晐百穀也. 禮記曰, 西, 方者秋, 秋之爲言
　　擎也. 從禾, 爐省聲, 七由切."
　7) 郭璞 撰, 『爾雅注疏』, 「釋天」, 241쪽, "秋爲旻天. 郭璞註, 旻猶愍也, 愍萬物凋落."(『字
　　典彙編』, 北京: 國際文化出版公司, 1993).

대거 애용되기 시작하였다. 그렇게 형성된 가을과 슬픔의 인연은 남북조시기 산수문학의 등장과 함께 더욱 선명하게 부각되었다. 즉 인간의 감성에 따라 산수의 풍경이 다르게 느껴지기도 하고, 또 사계절의 변화하는 풍경을 따라 인간의 감성이 달라지기도 한다는 것이다. 이러한 상호순환강화체제가 확립되면서 가을과 슬픔의 관계는 견고하게 결합되었고, 비추감성을 품고 있는 비추문학 또한 도도한 문학사적 흐름을 형성하게 된다.

## 2. 전통사상 속의 가을 이미지

전통적으로 가을이 어떠한 이미지를 지니고 있었는지 알아보기 위해 주로 선진시기 고서들과 한대의 기록을 통해 사상사적인 고찰을 시도해 보고자 한다.

먼저 『서경』「요전」의 내용 중 가을 관련 기록이다.

화중和仲에게 나누어 명하시어 서쪽에 머물게 하시니 매곡昧谷이라 한다. 들어가는 해를 공경하게 전송하고 가을에 수확하는 일을 질서 있게 하니, 밤은 중간이고 별자리는 허수虛宿이다. 알맞은 중추仲秋가 되면 백성들은 평화롭고 조수鳥獸는 털갈이를 하여 윤택해진다.[8]

이 내용 가운데 가을과 서쪽 방위를 연결시키고 있는 것을 볼 수 있는데, 이는 오행사상에서 가을을 서쪽 방위와 대비시키는 근거를 확인해 준다. 가을이 무르익으면 백성들은 평화롭고 짐승들조차 윤택해진다는 말은 가을의 대표적인 세시풍속 중 하나인 중추절의

---

8) 『書經』,「堯典」, "分命和仲, 宅西, 曰昧谷. 寅餞納日, 平秩西成, 宵中, 星虛. 以殷仲秋, 厥民夷, 鳥獸毛毨."

여유와 풍요로움을 떠오르게 한다. 또한 가을과 지는 해가 연결되고 있지만 공경하게 전송하고 질서 있게 수확한다는 표현으로 인해 쇠락의 이미지가 거둬지고 평화롭고 안정된 이미지를 느끼게 된다.

다음은 『주역』 「설괘전」의 내용이다.

> 태兌는 바른 가을이니 만물이 기뻐한다. 그러므로 태兌에서 기뻐한다고 하였다.[9]

가을을 만물이 기뻐하는 계절로 표현하고 있다. 또한 가을을 상징하는 태괘에 대한 설명을 보면 "태兌는 형통함이니, 바름이 이로우니라. 「단전彖傳」에서 말하길, 태兌는 기뻐함이니, 안은 강하고 밖은 부드러워서 기뻐하되 곧음이 이로우니라. 이로써 하늘에 순종하고 사람에게 응하는 것이다. 기뻐함으로써 백성을 앞세우면 백성이 그 수고로움을 잊고, 기뻐함으로써 어려운 일을 하게 하면 백성이 그 죽음을 잊나니, 기뻐함의 위대함이 백성을 힘써 따르게 하느니라"[10]라고 되어 있다. 이처럼 상징성을 간직하고 있는 『주역』에서도

---

9) 『周易』, 「說卦傳」, "兌正秋也, 萬物之所說也. 故曰說言乎兌."
10) 『周易』, 兌卦, "兌亨, 利貞. 象曰, 兌說也, 剛中而柔外, 說以利貞. 是以順乎天而應乎人, 說以先民, 民忘其勞, 說以犯難, 民忘其死, 說之大民勸矣哉."

가을은 만물이 화합하고 기뻐하는 이미지로 나타나고 있다.

이상에서 살펴본 바와 같이 『서경』과 『주역』 속의 가을 이미지는 두 곳 모두 풍요로움, 평화로움의 이미지로 나타나고 있다. 이는 당시의 자연환경이나 인문환경과 같은 역사적 배경에 의해 형성되었을 터이다. 당시 황하 유역에서 농경생활을 하고 있던 사람들은 만물에 정령이 존재한다고 믿었다. 그리하여 가을이면 추수를 하고 난 후 감사의 제천행사를 올렸다. 그러한 당시의 역사적 습속들이 그들의 사고에 영향을 끼쳐, 가을을 풍요롭고 안정된 계절로 인식하게 하고 가을에 기쁨, 만족, 공경, 화합 등의 이미지를 부여하였을 것으로 추정한다.

그러나 이러한 가을 이미지와는 정반대로 서릿발 같은 차가운 가을 이미지도 나타나고 있으니, 바로 다음과 같은 『예기』「월령」의 가을 관련 내용이다.

서늘한 바람이 이르고 이슬이 내리며 쓰르라미가 울면, 새매가 작은 새를 잡아 제사 지내듯이 비로소 형륙刑戮을 시행한다.…… 관리(有司)에게 명하여 법제를 살피게 하고 형옥을 다스릴 때는 반드시 공정하도록 한다.…… 천자는 친히 삼공三公, 구경九卿, 제후, 대부를 거느리고 서쪽 교외에 나아가 가을을 맞고, 돌아와 조정에서

군사와 무인을 포상한다.…… 천지가 비로소 숙살의 기운이 충만
하니 태만해서는 안 된다.[11]

가을에는 대체로 추상秋霜같다는 말에서 느껴지듯 차갑고 예리하
며 엄숙하고 두려운 이미지가 수용되어 있다. 예문 중에 등장하고
있는 바람과 이슬, 쓰르라미와 매는 모두 황량함과 긴장감의 이미지
를 함의하고 있는 경물들이다. 서늘한 바람이 부는 가을이 오면 비
로소 형륙을 시작한다고 하였다. 만물을 기르는 여름까지는 잘못한
사람들을 처벌하지 않고 기다렸다가 가을이 되어서야 비로소 단죄
를 하는 것이다. 때문에 가을이 되면 법제를 살피고 옥사를 다스렸
으며, 또한 숙살의 기운이 충만하니 긴장하라고 요구하면서 장수와
무인들을 포상하였다.

    그렇다면 고대인들의 보편적인 규범으로 사회질서의 원리를 담
고 있는『예기』의 가을 이미지에 왜 이러한 내용들이 깃들게 되었을
까? 이는 당시의 현실적인 상황과 밀접한 연관성이 있을 것으로 생
각된다.『예기』가 완성된 시점은『서경』과『주역』의 형성시기보다
더 후대로, 이 시기에는 이민족과의 접촉이 매우 활발하였다. 더욱

---

11) 『禮記』,「月令」, "涼風至, 白露降, 寒蟬鳴, 鷹乃祭鳥, 用始行戮……命有司修法制, 決獄
    訟必端平.……天子親帥三公九卿諸侯大夫, 以迎秋於西郊, 還反賞軍帥武人於朝.……天
    地始肅, 不可以贏."

이 수확기인 가을철에는 훨씬 더 전쟁이 잦았을 것이다. 척박한 환경에 살고 있기에 먹을 것이 부족했던 주변의 유목민족들에게 가을은 기나긴 겨울을 준비해야 하는 절박한 시기였다. 그래서 그들은 생사를 걸고서라도 끊임없이 농경민족의 수확을 넘보아야 했다. 한편 그들로부터 자신들의 수확물을 지켜 내야 했던 중원의 한족들에게는 그 어느 때보다 엄정함과 의기가 필요했던 계절이 가을이었다. 그러다 보니 가을만 되면 군령을 엄하게 내리고 군사들을 정비하지 않으면 안 되었다. 이민족의 침입에 대비해 변방을 지키는 일을 방추防秋라고 불렀던 사실은 그러한 역사적 정황을 뒷받침해 준다. 이처럼 사방의 적과 대치해야 하는 상황에서 추상같은 법 집행은 필수적이었을 것이기 때문에 가을에 전쟁과 금金, 정의의 이미지가 깃들게 되지 않았을까 생각한다.

『예기』에 나타난 이러한 가을 이미지는 『여씨춘추』 「십이기」의 가을 관련 내용12)을 대체로 답습하고 있으며 또한 음양오행사상에 보이고 있는 가을 이미지와도 매우 유사하다.

음양오행사상에 의하면 가을은 금金에 속하는데, 금의 최고의 효용은 무기를 만들어 살상하는 데 있었다. 때문에 고대에는 전쟁과

---

12) 『呂氏春秋』 「十二紀」 중의 孟秋紀, 仲秋紀, 季秋紀의 내용을 말한다.

관련되는 일을 거의 가을에 안배시켰다. 형옥과 관련된 일을 관장하는 사람을 추관秋官이라 호명했으며, 처형도 주로 가을에 이루어졌다. 잘못을 범한 인간들의 처형을 시든 자연물의 제거로 인식하여, 계절적 이미지로 처형의 부담을 완화하였을 것으로 생각한다. 이와 같은 가을 이미지가 한대의 사상 속에 광범위하게 나타나고 있다.

다음은 한대의 대표적인 사상서인『춘추번로』에 나타난 사계의 이미지로, 각 계절과 관련한 인간의 감성을 살펴볼 수 있다.

> 인간의 감정인 희로애락의 발동은 날씨의 서늘하고 따뜻하고 춥고 더운 것과 함께 그 실상이 일관된다. 기쁨(喜氣)은 따뜻함이 되어 봄에 해당하고, 성냄(怒氣)은 서늘함이 되어 가을에 해당하고, 즐거움(樂氣)은 태양이 되어 여름에 해당하고, 슬픔(哀氣)은 태음이 되어 겨울에 해당한다.…… 봄의 기운은 사랑하게 하고, 가을 기운은 엄하게 하고, 여름 기운은 즐거워하게 하고, 겨울 기운은 슬퍼하게 한다.[13]

인간에게 희로애락이 있어 각각 다른 감정의 색깔을 드러내듯이 자연 또한 춘하추동으로 각자의 맡은 역할을 드러낸다. 봄은 생명을

---

13)『春秋繁露』43, "夫喜怒哀樂之發, 與淸暖寒暑, 其實一貫也. 喜氣爲暖而當春, 怒氣爲淸而當秋, 樂氣爲太陽而當夏, 哀氣爲太陰而當冬.……春氣愛, 秋氣嚴, 夏氣樂, 冬氣哀."

촉진시키는 기쁨의 기운이요, 여름은 만물의 성장을 진작시키는 즐거움의 기운이며, 가을은 서늘하고 엄한 성냄의 기운이고, 겨울은 차가운 슬픔의 기운이다. 가을은 『예기』「월령」에서의 이미지와 유사하게 나타나고 있다.

고대인들의 이러한 사고는 계절에 따라 행하는 갖가지 의례의 명칭조차 달리 부르게 하였다. 『예기』「왕제」에서는 천자와 제후의 종묘 제사를 가리켜 봄에 지내는 것을 약礿, 여름에 지내는 것을 체禘, 가을에 지내는 것을 상嘗, 겨울에 지내는 것을 증烝이라 하였으며, 『주례』에서도 제후가 천자를 알현하는 예를 일러 그 시기가 봄이면 조朝, 여름이면 종宗, 가을이면 근覲, 겨울이면 우遇로 각기 다르게 불렀다. 이러한 문화적 습속들이 인간의 계절감성 형성을 더욱 강화시켰을 것이다.

지금까지 살펴본 전통사상 속의 가을 이미지는 풍요로움, 엄숙함, 의로움, 분노 등으로 다양하게 나타나고 있다. 이러한 내용들은 고대 중국이 처했던 시대적 현실과 깊은 연관성을 맺고 있다. 역사학자 아놀드 토인비는 문명의 주기적인 과정을 도전에 대한 응전의 결과로 설명한 바 있다. 한족들은 북방민족의 끊임없는 도전에 대한 응전을 통해서 그들만의 독특한 가을 이미지를 형성하였던 것이다. 이는 사람의 감성이 자신의 눈앞에 펼쳐지는 상황에 초연할 수 없음을 나타낸 것이기도 하다. 곧 인간의 감성이 주변 환경의 영향을 받아 형성됨을 의미한다. 때문에 역사적 환경이 바뀌어 버린 오늘날의 세대나 전혀 다른 환경에 살고 있는 사람들에게 있어서 정의롭고 추상같은 가을 이미지는 선뜻 동의하기 어려울 것이다.

## 3. 가을과 슬픔의 만남, 비추悲秋

　서양의 시가가 역사적 사실을 읊은 서사시로부터 그 전통이 시작된 반면, 중국의 시가는 그 효시라 할 수 있는 『시경』에서부터 개인의 감성과 상상력을 바탕으로 하는 짙은 서정성을 갖추고 있다. 이는 중국문학의 핵심적인 특성 중 하나인 '경치를 빌려 작가의 서정을 대변하는' 차경기정借景寄情의 성격이 매우 뚜렷하다는 사실과 일맥상통한다.

　전통시대 문인들은 문학의 심미성을 위해 자신의 마음을 직서하기보다는 경물에 대한 묘사로 환치해서 표현하는 경우가 많았다. 특히 시가는 간결한 언어로 많은 내용을 전달해야 하는 특성 때문에 다양한 이미지들이 풍부하게 사용되었다. 그때 작가는 자신이 임의로 창출해 낸 이미지보다는 대개 사회적으로 상징성을 확보하고 있는 것들을 주로 사용하였는데, 그것은 본인이 표현하기 곤란한 일정 부분을 해결해 주거나 혹은 독자들과 더욱 쉽게 공감대를 형성할 수 있었기 때문이다. 그 중 가을 이미지를 통해 작가의 슬픔을 표현하는 비추悲秋는 사경寫景과 서정抒情이 융화된 최고의 문학적 이미지였다. 때문에 역대 문인들은 자신의 처지를 즐겨 이 비추 이미지에 기탁해 표현함으로써 풍부한 표상을 갖춘 하나의 문학적 전통을 형성하여 오늘날까지 장구하게 이어 내려오게 하였다. 오늘날 우리나라의 대중음악 중에도 「슬픈 계절에 만나요」라는 노래 제목이 있는데, 사람들은 굳이 말해 주지 않더라도 그 슬픈 계절이 바로 가을이라는 사실을 대부분 알아차린다.

　비추감성은 위진시기 이후 대중적 감성으로 자리 잡아 가기 시작했는데, 그것이 역사에 모습을 드러낸 것은 훨씬 이전부터이다. 『예기』 「향음주의」에서는 "가을은 시름이라 말할 수 있다"[14]라고 했으며, 『회남자』 「요칭훈」에도 "봄에는 여인이 그리움에 젖고, 가을에는 선비가 시름겹네"[15]라는 구절이 있다. 그 외 선진시기의 많은 시가에서 시인의 슬픔과 가을의 정경이 나란히 묘사되고 있다.

　그렇다면 이러한 비추감성은 도대체 어떠한 요인들로 인해 인류의 보편적인 감성으로 발전하게 된 것일까? 그에 대한 대답을 여러 사람들의 주장을 근거로 하여 다음과 같이 정리해 보았다.

　첫째, 비추감성은 인간의 무의식 속에 형성된 일종의 원시의상이라는 주장을 통해 자연환경의 영향을 들 수 있다. 이는 가을을 문학장르 중의 비극과 결합시키고 있는 신화학자 프라이(Northrop Frye, 1912~1991)가 주장한 것으로, 인간은 잎이 지고 만물이 시드는 자연

---

14) 『禮記』, 「鄕飮酒義」, "秋之爲言愁也."
15) 『淮南子』, 「繆稱訓」, "春女思, 秋士悲."

계의 가을 정경을 보면서 결국 자신도 늙어서 죽어 갈 것이라는 숙명이 저절로 환기되어 슬픈 감성에 젖어 들게 된다는 것이다. 그렇기 때문에 비추감성은 지역과 민족을 초월하여 나타나는 범인류적 현상이라고 한다. 이는 낙엽이 지는 가을의 풍경에서 쇠락의 기운을 느끼는 유비추리類比推理적 사고에 의한 것으로, 자연환경이 인간의 감성 형성에 크게 관여하고 있음을 시사한다.

둘째, 가을에 사람들이 쉽게 우울해하는 것은 일조량의 감소에 따라 나타나는 현상이라는 것으로, 이는 어느 정도 현대의학의 뒷받침을 받고 있다. 현대의학에 따르면 가을철에는 인간의 뇌가 다른 계절보다 정서적으로 침울한 요소를 더욱 많이 분비한다고 한다. 곧 인간에게는 감정을 조절하는 세로토닌이라는 호르몬이 있는데, 이 세로토닌은 뇌의 시냅스(뇌신경 접속 부분)에서 분비되는 신경전달물질로서 신기하게도 햇볕이 있어야만 분비가 원활해진다고 한다. 사람들은 이 세로토닌의 분비가 일정치 않으면 극도로 예민해져서 별다른 이유 없이도 쉽게 불쾌해하거나 화를 내게 되는데, 가을이면 일조량이 적어지면서 인체 내에서 분비되는 호르몬의 양이 감소하여 쉽게 우울해지거나 슬픔에 잠기게 된다는 것이다. 이러한 주장을 통해 비추감성은 태양빛 즉 일조량과 일정한 관계가 있음을 알 수 있다.

셋째, 비추감성은 오랜 세월 동안의 끊임없는 문화적 전통에 의해 길들여진 것이라는 주장을 통해 비추감성이 여러 인문적 환경인 세시풍속이나 문학적 전통 등의 영향으로 형성되었음을 알 수 있다. 인간은, 특히 동양인의 경우 전통적인 것을 정통으로 인정하고 그것에 동화하려는 경향이 매우 강하다. 온고이지신溫故而知新을 중요한 어구로 새기는 것은 동양인들의 그러한 특성을 대변해 준다. 따라서 비추감성은 유구한 전통문화의 순환강화체제로 인해 굳어지게 되었을 것이라는 사실을 짐작할 수 있다.

이상의 내용들을 종합해 본다면 비추감성은 자연적인 환경, 일조량, 인문적인 환경 등이 두루 복합적으로 작용하여 형성되었을 것임을 알 수 있다.

그렇다면 비추감성에서의 비悲가 어느 정도의 슬픔을 의미하는 것인지, 비悲와 유사한 성격을 가진 다른 한자들과의 비교를 통해 그 슬픔의 정도를 헤아려 보고자 한다.

인간의 슬픈 감성을 나타내는 한자에는 비悲 이외에 애哀와 상傷이 있다. 공자는 『시경』의 「관저」에 대한 평을 하면서 "즐겁지만 지나치지 않고, 슬프지만 사람을 상하게 하지는 않는다"[16]라고 했는데, 주희朱熹는 이를 해석하면서 "음淫은 즐거움이 지나쳐 그 바름을

---

16) 『論語』, 「八佾」, "樂而不淫, 哀而不傷."

잃은 것이요, 상상(傷)은 슬픔(哀)이 지나쳐서 화(和)에 해가 되는 것"17)이라고 부연 설명하였다. 애(哀)가 지나치면 상상(傷)이 된다는 것이니, 애(哀)보다는 상상(傷)이 더 강하게 슬픔을 표현하는 글자임을 알 수 있다. 또한 당대의 시화집인 『시식詩式』에서는 "상심함(傷)이 깊은 것이 비(悲)"18)라고 적고 있다. 따라서 상상(傷)보다는 비(悲)가 더 깊은 슬픔을 표현하는 글자라고 하겠다.

이러한 논의들을 가지고 살펴보았을 때 애(哀)보다는 상상(傷)이, 상상(傷)보다는 비(悲)가 더 강한 슬픔의 경지를 드러내는 글자임을 알 수 있다. 따라서 비추는 가을과 관련하여 깊디깊은 슬픔의 경지를 드러내는 감성이라고 할 수 있을 것이다.

그런데 같은 슬픔을 바라보는 시선에도 각 민족별 특성이 나타나고 있다. 다음은 슬픔을 바라보는 한·중·일 동양 삼국의 특징을 묘사한 글이다.

한(恨)은 한국인의 정서 밑바닥에 자리하고 있으면서 개인의 비애와 역사적 명운이 한데 엉기어진 그리움과 원망의 보따리로, 그것은 제 홀로 간직하는 슬픔이다. 한편 추창(惆愴)은 서사적이자 형이상학

---

17) 『論語集註』, 「八佾」, "淫者, 樂之過而失其正者也, 傷者, 哀之過而害於和者也."
18) 皎然, 『詩式』, "悲, 傷甚曰悲."

적인 울적함으로, 여기에는 우주자연의 섭리까지가 개인의 슬픔과 연결되어 있다. 애상哀傷은 소진시켜야 할 슬픔으로, 몸과 마음이 상하고 헐벗을 때까지 슬픔을 짓이기는 자해의 미학이다. 몸은 비록 상하지만 육체의 소멸로부터 정신적 승리와 환희를 거둔다.[19]

한국인의 슬픈 감성을 한恨으로, 중국인의 슬픈 감성을 추창惆愴으로, 일본인의 슬픈 감성을 애상哀傷이라는 단어로 잡아내고 있다. 슬픔에 따른 세 나라 사람들의 미묘한 마음작용의 차이를 포착한 것이다.

이러한 인간의 미묘한 마음작용을 가리키는 단어들로는 감정, 정서, 감성 등의 용어가 있다. 이들 모두가 마음의 움직임이라는 추상성에 근거하고 있기 때문에 분명한 경계를 짓기는 어렵지만, 서로의 관계성을 통해 그 개념에 접근해 보면 대체로 다음과 같다.

인간의 마음이 외물의 영향을 받지 않아 희로애락의 감정이 생겨나기 이전의 상태를 본성이라고 한다면, 그 본성의 상태에서 외물과 접촉하여 곧바로 드러나는 반응을 감정이라 하고, 그 감정이 일정한 시간을 경과한 후에도 변하지 않고 지속되는 경우를 정서 또는 정조라고 한다. 그리고 그 감정과 정서를 이끌어 내는 힘(sensibility)과

---

19) 임태승, 『상징과 인상』(학고방, 2007), 253쪽.

그 이후 지속되는 마음 상태까지를 포괄하여 감성이라고 부른다. 특히 감성은 인간의 마음을 움직여 변하게 하는 힘에 주목한 개념이다. 그렇기 때문에 감성의 특성 중 하나는 외부의 요인에 의해 끊임없이 변화한다는 것이다. 중국 역사에 나타나는 가을 감성의 예를 보더라도 은대에는 고난으로, 진대에는 풍요로움으로, 한대에는 의로움과 분노로, 위진남북조시대 이후에는 슬픔 즉 비추감성으로 나타나고 있으니, 감성과 주어진 환경이 긴밀한 관계성을 맺고 있음을 알 수 있다.

인간의 마음이 얼마나 미묘한 것인지를 보여 주는 일화로『열자 列子』「황제」편에 나오는 다음의 고사를 들 수 있다.

바닷가에 사는 사람으로 갈매기를 좋아하는 자가 있었다. 매일 아침 그는 바닷가로 가서 갈매기와 함께 놀았는데, 그에게 오는 갈매기들이 백 마리에 그치지 않았다. 그 아버지가 말하길, "듣자니 갈매기가 너와 함께 논다고 하더구나. 네가 한 마리 잡아 오면 나도 가지고 놀아 보고 싶다" 하였다. 다음날 그가 바닷가로 갔는데, 갈매기들은 모두 날아가 버리고 그에게로 내려오지 않았다.[20]

---

20) 『列子』,「皇帝」, "海上之人, 有好鷗鳥者. 每旦之海上, 從鷗鳥游, 鷗鳥之至者, 百住而不止. 其父曰, 吾聞鷗鳥皆從汝游, 汝取來, 吾玩之. 明日之海上, 鷗鳥舞而不下也."

이 이야기를 통해 인간의 마음이 지니고 있는 힘이 얼마나 큰지 이해할 수 있다. 일부 언어학자들은 인간의 마음을 언어로 전달할 수 있는 것은 극히 적은 양에 불과하다는 주장을 펴기도 한다.

제2장 비추감성의 맹아 : 선진시기

중국 역사에서 선진先秦시기는 진秦나라 이전의 모든 시기, 즉 멀리 삼황오제三皇五帝시대로부터 하夏, 은殷, 주周, 춘추전국春秋戰國시대, 진나라시대까지를 이르는 말이다. 이때는 중국의 역사발전 과정 중 가장 이른 시기에 해당하는데, 이 시기의 사람들도 이미 자신의 뜻이나 감정을 효과적으로 전달하기 위하여 활발히 시가를 창작하고 이용하고 있었다. 이 시기를 대표하는 작품집으로는 『시경』과 『초사』가 있다. 이 두 시가집은 중국문학의 근원지 같은 역할을 하면서 장구한 세월 동안 지대한 영향력을 발휘하여 왔는데, 둘은 여러 가지 면에서 대비를 보여 준다.

『시경』은 황하를 중심으로 하는 북방지역에서 탄생하였는데 4언을 기저로 하여 일정한 운율을 갖추고 있다. 4언시는 보통 2박의 짝수 반복 리듬으로 파악하여 인간의 심장소리에 기인한 것으로 보는데, 이러한 음악성은 인간의 감성에 대한 호소력이 빠르기 때문에 백성들을 교화하는 수단으로 이용되기도 하고 지배자의 잘못을 간하는 풍간의 도구로 이용되기도 하면서 사회질서와 긴밀한 관련을 맺었다. 이는 다음 『논어』의 구절들을 통해 확인할 수 있다.

어찌하여 시를 배우지 않는가? 시는 흥기시킬 수 있으며, 관찰할 수 있으며, 함께할 수 있으며, 원망할 수 있다. 가까이는 어버이를

섬길 수 있고, 멀리는 군주를 섬길 수 있으며, 새와 짐승과 풀과 나무의 이름을 많이 알 수 있다.[1]

사람이 「주남」, 「소남」을 읽지 않으면 담장을 마주하고 서 있는 것과 같다.[2]

이를 통해 『시경』 속의 어떤 이미지들은 일정한 문화코드로 작용하였으며 『시경』을 이해하고 대화에 적용할 줄 아는 것이 당시 사회에서는 꼭 필요한 문화적 행위였음을 알 수 있다.

한편 양자강을 중심으로 하는 남방지역에서는 굴원과 같은 초나라 사람들에 의해 남방문학을 대표하는 『초사』가 이루어졌다. 『초사』는 남방지역의 풍요로운 자연환경을 바탕으로 탄생한 비교적 자유로운 정신문화의 산물로 여겨지는데, 그 내용에 있어서 풍부한 환상성이 나타나고 있기 때문이다. 이는 원시시대로 거슬러 올라가, 인류가 자연에 대한 외경심을 표시하기 위해 신에게 찬미를 올렸던 사실과도 관계가 있다. 즉 신에게 바치는 토착민들의 무가巫歌를 바탕으로 시인들이 자신들의 상상력을 더해 낭만적인 시가로 변모시

---

1) 『論語』, 「陽貨」, "小子何莫學夫詩. 詩, 可以興, 可以觀, 可以群, 可以怨. 邇之事父, 遠之事君, 多識於鳥獸草木之名."
2) 『論語』, 「陽貨」, "人而不爲周南召南, 其猶正牆面而立也與."

켜 내었을 것으로 파악하기 때문이다. 또한 『초사』에 나타나는 6언은 보통 3박의 홀수 반복 리듬으로 보아, 들숨, 정지, 날숨으로 이어지는 인간의 호흡과 관계가 있을 것으로 추측한다.

선진시대의 작품은 『시경』과 『초사』 이외에 청대 심덕잠沈德潛이 편찬한 『고시원古詩源』에도 약간이 수록되어 있다.

선진시기 비추감성의 맹아 여부를 추적하기 위하여 위에 언급한 작품집 중에서 가을 이미지가 나타나고 있는 작품들을 살펴보고자 한다. 이들 작품에는 시인의 감정을 드러내는 정情 부분과 자연의 정경을 묘사하는 경景 부분이 이미 혼재되어 나타나고 있다. 이 시기의 사람들도 자신의 뜻만 늘어놓으면 작품이 재미없게 되고 또 경물만 서술해 놓으면 자신의 뜻이 제대로 전달되지 못한다는 사실을 알아차린 듯, 정과 경의 요소를 적절히 섞어서 작품을 구사하고 있다. 따라서 가을 정경과 함께 쓰고 있는 시인의 정감을 살펴봄으로써 선진시기 비추감성의 맹아 여부를 파악할 수 있을 것이다. 『시경』과 『초사』의 작품들은 편폭이 길기 때문에 가을 이미지가 나타나고 있는 해당 부분만 인용한다.

# 1. 백성의 소리: 『시경』

오늘날 우리가 『시경詩經』이라고 부르는 것은 주나라 초기부터 춘추 중엽에 이르는 시기까지 주 왕실과 각 제후국가에 있었던 음악의 가사모음집이라고 할 수 있는데, 그 내용은 크게 풍風, 아雅, 송頌으로 구성되어 있다.

『시경』의 풍風은 주남周南, 소남召南, 패邶, 용鄘, 위衛, 왕王, 정鄭, 제齊, 위魏, 당唐, 진秦, 진陳, 회檜, 조曹, 빈豳 등 15개 지역의 민요에 해당하는 것으로, 민심을 헤아리기 위해 시를 채집하는 관리가 서민들의 노래를 수집하여 이루어진 것이다. 이러한 노래에는 당시 사람들의 생생한 삶이 담겨 있는데, 이는 한 사람에 의해 창작된 것이 아니라 오랜 기간 동안 여러 사람들의 입을 통해 전승되어 온 것들이기에 서민들의 집체적 감성을 살펴보기에 적절하며, 160편으로 이루어져 있다.

아雅와 송頌은 연회나 각종 의식을 행할 때에 연주되던 음악들로, 주로 역사적 사실을 바탕으로 지어져 종묘의 제사나 왕후 귀족들의 잔치에 쓰인 왕실의 음악이다. 이는 악관이나 사관 같은 전문인들에 의해 지배층의 취향에 맞게 지어졌을 것이기에 당시 지배층의 감성을 살펴볼 수 있을 것이다.

『시경』은 총 305편으로 구성되어 있는데, 모두 다섯 번의 '가을 추'(秋) 자가 등장하고 있다. 그러나 이때 추秋 자는 단순히 계절을 나타내는 사실적인 의미로 쓰이거나 혹은 시간의 단위로 쓰이고 있어서 비추감성과의 관련성은 보이지 않는다. 『시경』에서 시인의 감성이 드러나는 것은 가을의 정경이 묘사되고 있는 작품들에서이다. 이를 국풍의 작품부터 차례로 살펴보고자 한다.

### 소남召南 · 초충草蟲

| | |
|---|---|
| 찌르찌르 풀벌레는 울어 대고 | 喓喓草蟲<br>요 요 초 충 |
| 풀쩍풀쩍 메뚜기는 뛰어다니네. | 趯趯阜螽<br>적 적 부 종 |
| 아직 님을 보지 못해 | 未見君子<br>미 견 군 자 |
| 근심스런 마음만 뒤숭숭. | 憂心忡忡<br>우 심 충 충 |

「주남」과 「소남」은 원래 천자가 다스리던 지역의 노래이다. 때문에 아雅나 송頌에 소속되어야 마땅하지만, 이미 주 왕실의 세력이 약해지고 제후국들이 난립하고 있던 시기의 작품이어서 풍風에 속하게 된 것이다. 이러한 편제를 통해서도 이 작품이 채록된 시기가 난세였음을 알 수 있다.

이 시에 나타나고 있는 풀벌레, 메뚜기라는 단어를 보고 작품의 시간적 배경을 가을로 보았다. 갑골문 추秋의 자형에서 본 것처럼 메뚜기는 가을과 깊은 인연을 맺고 있으며, 가을에는 풀벌레의 울음 소리가 그 어느 때보다 선명하게 들려온다는 사실을 감안하여 이 내용의 시간적 배경을 가을로 본 것이다. 그런데 일본학자 오비 고이치(小尾郊一)는 이 시를 두고 "울어 대는 풀벌레와 뛰어 달아나는 메뚜기는 계절과 아무런 상관이 없으며, 이는 부창부수夫唱婦隨의 의미를 지닌다. 즉 남자의 구애에 응하여 출가하는 것을 의미한다"3)라고 하였다. 한편 『모시毛詩』「서」에서는 "대부의 아내가 예로써 스스로를 단속하고 있는 내용"이라고 도학적으로 풀이하기도 하였다. 그러나 여기서는 전체적인 내용으로 보아, 어지러운 시대를 살아가면서 사랑하는 사람과 헤어진 여인이 가을 찬바람에 근심과 그리움으로 복잡해진 자신의 마음을 표현하고 있는 것으로 이해하였다. 1, 2, 4구에 있는 충蟲, 종螽, 충忡의 압운자와 요요喓喓, 적적趯趯, 충충忡忡이라는 첩어들이 시인의 뒤숭숭한 내면을 표현하는 듯한 음성학적 이미지를 풍기고 있다. 어지러이 울며 이리저리 뛰어다니는 풀벌레들의 정경과 불안한 시인의 서정이 나란히 나타나고 있는 것으로

---

3) 小尾郊一 著, 尹壽榮 譯, 『中國文學과 自然美學』(도서출판 서울, 1992), 62쪽.

파악된다.

## 당풍唐風 · 실솔蟋蟀

| | |
|---|---|
| 귀뚜라미 집에 들었으니 | 蟋蟀在堂<br>실 솔 재 당 |
| 이해도 저물어 가는구나. | 歲聿其莫<br>세 율 기 모 |
| 지금 우리 즐기지 못하면 | 今我不樂<br>금 아 불 락 |
| 세월은 흘러가 버리리. | 日月其除<br>일 월 기 제 |

　　옛사람들은 귀뚜라미가 어디에 머물고 있는가를 살펴서 절기의 흐름을 가늠했다. 이 작품에서도 귀뚜라미가 집안으로 들어와 있는 것을 보고 문득 한 해가 저물어 가고 있음을 알아차린다. 그만큼 귀뚜라미는 고대인들과 친숙한 곤충이었다. 때문에 고대시가 속에 보이는 귀뚜라미의 이름도 참으로 많다. 촉직促織, 왕손王孫, 한공寒蛩, 사계莎鷄, 방적紡績 등 무려 20여 개가 넘는 것으로 조사되고 있다. 그런데 귀뚜라미와 메뚜기는 모두 가을과 관련이 깊고 또 모양도 서로 닮은 곤충이지만 이들이 가지고 있는 이미지는 사뭇 다르다. 메뚜기가 고단한 현실적 이미지를 풍기고 있다면, 귀뚜라미는 주로 가을밤이라는 시간적 배경을 알려 주면서 고독감이나 향수, 아쉬움,

그리움 등의 정서를 함의하고 있다. 낮에는 귀뚜라미의 존재가 잘 인지되지 않았고, 주로 밤에 들리는 울음소리를 통해 그 소재를 의식했기 때문일 것이다. 이 작품에서 시인은 귀뚜라미의 존재를 통해 한 해가 저물어 가고 있음을 깨달아 더 늦기 전에 즐기고 싶어하는 급시행락及時行樂의 마음을 갖게 되었다. 가을 이미지와 한 해가 끝나 가고 있다는 아쉬움의 감정이 함께 나타나고 있다.

**진풍秦風 · 겸가蒹葭**

| | |
|---|---|
| 갈대가 희끗희끗 날리니 | 蒹葭蒼蒼<br>겸 가 창 창 |
| 흰 이슬이 서리가 되었네. | 白露爲霜<br>백 로 위 상 |
| 이른바 그이는 | 所謂伊人<br>소 위 이 인 |
| 물가 한쪽에 있구나. | 在水一方<br>재 수 일 방 |
| 물결 거슬러 올라가 따르려 하나 | 遡洄從之<br>소 회 종 지 |
| 길이 막히고 멀기만 하네. | 道阻且長<br>도 조 차 장 |
| 물결 거슬러 내려가 따르려 하나 | 遡游從之<br>소 유 종 지 |
| 여전히 물 가운데 있네. | 宛在水中央<br>완 재 수 중 앙 |

갈대는 가을 이미지를 구성하는 대표적인 경물 중 하나이다. 처

음에는 다갈색으로 곱게 물들어 낭만적인 이미지를 간직하다가, 가을이 점차 깊어지면 서리를 맞아 희끗희끗하게 변해 가면서 쓸쓸한 이미지로 바뀌게 된다. 이 시에서는 서리 맞은 갈대가 등장하고 있어서 시간적 배경이 늦가을임을 알 수 있다. 그리운 이가 물 건너편에 아른거리고 있지만 길이 험하고 멀어 가까이 가지 못하는 시인의 안타까운 마음이 드러나고 있다. 일반적으로 고대시가에서 물은 흐르는 세월을 나타내기도 하지만 삶의 과정에서 만나는 극복하기 힘든 장애물을 표현할 때에도 자주 등장한다. 특히 문학작품 속에서 강물이나 바닷물은 해결되지 않는 인간의 근원적인 슬픔을 드러내고자 할 때에 자주 쓰인다. 이 시에서도 물은 그리운 이에게 다가가고자 하는 시인의 앞길을 가로막는 고난의 형상으로 나타나고 있다. 이러한 정황들이 늦가을 이미지를 통해 부각된다.

소아小雅 · 사월四月

| 가을이 되어 쌀쌀해지니 | 秋日凄凄<br>추 일 처 처 |
| 온갖 초목이 모두 시드네. | 百卉具腓<br>백 훼 구 비 |
| 난리를 만나 병들었으니 | 亂離瘼矣<br>난 리 막 의 |
| 이에 어디로 돌아가야 할꼬. | 爰其適歸<br>원 기 적 귀 |

「사월四月」의 전체 시는 여름, 가을, 겨울의 정경을 차례로 읊고 있는데, 그 중 가을 부분이다. 작품은 계절에 대한 사경과 시인의 처지를 설명하는 서사의 반복구조로 이루어지고 있는데, 황량한 분위기로 묘사된 계절 정경이 시인의 힘거운 현실과 나란히 쓰이고 있어서 일정한 관계성을 보여 준다. 그러나 그 계절이 꼭 가을을 고집하고 있는 것은 아니어서, 가을과 비애의 관계가 필연적이라고 보기는 어렵다. 이는 『시경』에 쓰이고 있는 흥의 기법으로, 시인이 자신의 힘든 상황을 말하고 싶어서 먼저 삭막한 풍경으로 문장의 기세를 이끌고 있는 것이다.

이 작품은 아雅에 속하기에 지배층의 심경을 표현한 것으로 보인다. 처처凄凄는 싸늘하게 부는 바람 소리를 형용한 것이니, 그 바람으로 인해 온갖 초목이 누렇게 시들어 가는 계절이 곧 가을이다. 그런 날씨에 병든 몸으로 난리까지 만났으니 과연 어디로 돌아가야 할 것인가 하는 시인의 막막한 심경이 드러나고 있다. 『모시』「서」에서는 대부가 혼탁한 군주인 유왕幽王을 원망하고 있는 것으로 풀이하면서 "윗자리에 있는 자가 탐욕스럽고 잔학한 짓을 일삼아 아랫사람들이 화를 만나니, 원망과 혼란이 함께 일어난 것"이라고 해석하였다.

다음은 빈豳나라 농민들의 일 년 열두 달 세시풍속을 노래한 것

중 가을에 해당하는 부분을 뽑은 것이다.

빈풍豳風 · 칠월七月

| | |
|---|---|
| 칠월에 화성이 서쪽으로 내려오면 | 七月流火<br><sub>칠 월 유 화</sub> |
| 구월에 겹옷을 준비하네. | 九月授衣<br><sub>구 월 수 의</sub> |
| | |
| 칠월에 화성이 서쪽으로 내려오면 | 七月流火<br><sub>칠 월 유 화</sub> |
| 팔월에 갈대를 베네. | 八月萑葦<br><sub>팔 월 환 위</sub> |
| | |
| 칠월에 왜가리가 울거든 | 七月鳴鴂<br><sub>칠 월 명 격</sub> |
| 팔월에 길쌈을 하네. | 八月載績<br><sub>팔 월 재 적</sub> |
| | |
| 칠월에 아욱과 콩을 삶고 | 七月烹葵及菽<br><sub>칠 월 팽 규 급 숙</sub> |
| 팔월에 대추를 터네. | 八月剝棗<br><sub>팔 월 박 조</sub> |
| | |
| 칠월에 오이 먹고 | 七月食瓜<br><sub>칠 월 식 과</sub> |
| 팔월에 박을 타며 | 八月斷壺<br><sub>팔 월 단 호</sub> |
| 구월에 깨를 터네. | 九月叔苴<br><sub>구 월 숙 저</sub> |

당시는 하력夏曆을 썼는데, 하력으로 7 · 8 · 9월은 가을에 해당한
다. 이 작품은 우리나라의 「농가월령가」와 비슷한 것으로, 그 중 가
을철의 풍경을 담고 있다. 대화심성大火心星이 서쪽으로 내려오면 왜
가리가 울기 시작하는 가을이 된다. 그 기간에 서민들은 대추 털고

박 타고 곡식을 수확하고 마당을 다지거나 길쌈을 하는 등 겨울을 준비한다. 갈대를 베어 땔감을 마련하기도 한다. 당시 사람들의 풍부한 일상이 소개되고 있는데, 소박하고 평화로운 감성을 느끼게 한다.

지금까지 『시경』의 작품에 나타나고 있는 가을 이미지를 살펴보았다. 『시경』의 가을 이미지는 「빈풍·칠월」의 소박하고 생동적인 모습을 제외하고는 시인의 어려움이나 안타까움, 그리움, 불안함을 표현하는 서정 부분과 나란히 서술되고 있어서 가을 이미지와 인간의 슬픈 감성 사이에 일정한 연계성이 형성되고 있음을 볼 수 있었다. 그러나 그 정경이 꼭 가을이어야 한다거나 혹은 그 감성이 필연적으로 슬픔인 것은 아니었으며 가을 정경과 시인의 슬픔이 물아일체의 형상으로 드러나고 있는 곳도 없기 때문에 비추감성의 출현이라 말하기는 어려울 것 같고, 이를 흥興의 기법에 따른 정경 묘사로 파악하고자 한다. 흥의 기법이란, 드러내고자 하는 시인의 의도와 주변 사물이나 경물 사이에 상호 공감대를 형성하기 위해 먼저 비슷한 이미지의 경물을 끌어들여 묘사하는 문장기법을 말한다. 『시경』의 표현기법에는 이러한 흥 이외에도 어떤 일을 직접적으로 서술하는 부賦와, 상상력에 의한 연상효과를 이용해 비유 혹은 상징으로 표현하는 비比의 세 가지가 있다.

그러나 『시경』에 나타나고 있는 이러한 흥의 기법이 중국문학사에 있어서 비추감성의 출발점으로 작용했을 것임은 자명한 일이다. 경물과 시인의 서정 사이에는 시간이 흘러갈수록 일정한 연계성이 싹 트기 시작하는데, 이러한 관계성이 설정되면서 가을의 정경과 시인의 슬픔은 둘 사이에 서로 공통된 이미지를 갖추어 나가기 때문이다.

## 2. 지식인의 호소: 『초사』

『초사楚辭』에는 이상과 현실의 괴리로 인해 고통스러운 생애를 보내야 했던 지식인의 비통한 심정이 잘 드러나고 있어서 당시의 정치적 상황과 함께 개인의 주관적 정서를 살펴보기에 적합하다. 대표적인 작가로는 굴원과 그의 제자로 알려진 송옥이 있다. 『초사』는 그 명칭에서 알 수 있듯이 초 지역의 강한 지방적 색채를 띠고 있다. 이 지역에 대해서는 다음과 같은 설명이 있다.

> 초 땅은 양자강과 한수, 소택지, 산림의 풍요로움이 있다. 양자강 이남의 땅은 넓어서 화전을 경작하거나 벼농사를 지었다. 백성들은 물고기와 쌀을 먹고, 어로, 수렵, 산에서 벌목하는 일을 생업으로 삼았다.…… 추위와 굶주림을 걱정하지 않았다.[4]

『한서』「지리지」의 내용이다. 흔히 『시경』을 사실주의 문학의 서막이라 하는 데 비해 『초사』를 낭만주의 문학의 서막이라 하는데, 그것은 풍요로운 자연환경으로 인해 그 지역 사람들이 일찍부터 생

---

4) 『漢書』,「地理志」, "楚有江漢川澤山林之饒. 江南地廣, 或火耕水耨. 民食魚稻, 以漁獵山伐爲業.……不憂凍餓."

존을 위한 의식주의 문제에서 어느 정도 벗어나 감수성 강한 문학작품을 남기고 있기 때문이다. 먼저 굴원의 작품부터 살펴보기로 한다.

### 이소離騷

| | |
|---|---|
| 세월은 빠르게 흘러 멈추지 않아 | 日月忽其不淹兮<br>일 월 홀 기 불 엄 혜 |
| 봄과 가을이 그 차례를 바꾸었네. | 春與秋其代序<br>춘 여 추 기 대 서 |
| 아! 초목이 시들어 떨어지니 | 惟草木之零落兮<br>유 초 목 지 영 락 혜 |
| 고운 님 늙으실까 두려워라. | 恐美人之遲暮<br>공 미 인 지 지 모 |

장편 서정시인 「이소」는 굴원의 곤혹스러운 처지로 인해 발생한 그의 근심을 적은 것으로 여겨지는데, 보통 "걱정스러운 일에 걸려들었다"라는 의미로 해석된다. 「이소」에는 울분에 찬 굴원의 감성이 뚜렷하게 드러나고 있기 때문에 이를 굴원의 울음이라고까지 표현한다. 굴원은 칠웅이 할거하던 전국시기에 초나라 회왕懷王을 보좌하던 귀족 출신의 정치가였다. 당시 초나라 조정은 친진파親秦派와 친제파親齊派의 갈등이 극렬하였는데, 왕은 친진파의 의견을 받아들여 제나라와의 친교를 설파하던 굴원을 축출하기에 이른다. 이에 정계에서 추방당한 굴원은 상강湘江 일대를 떠돌아다니며 자신의 억울

한 마음을 「이소」에 담아내었다고 한다.

「이소」 중 가을 이미지가 등장하고 있는 이 대목에서는 빠르게 흐르는 세월에 대한 묘사와 함께 임에 대한 걱정스러운 마음이 나타나고 있다. 초목이 시들어 떨어지는 가을 정경과 고운 임이 늙어 가는 데 대한 두려움이 연결되면서 경물의 객관성과 작가의 주관성이 긴밀해지고 있다. 즉 가을 이미지와 슬픔이 가까워지는 모습을 보여준다. 자신을 내친 무정한 군주이기는 하지만 그래도 그가 늙어 갈까 염려하는 마음을 내비침으로써 굴원은 군주를 향해 얽혀 있는 애증의 마음을 드러내고 있다. 그리하여 후대에 「이소」는 권력에서 멀어진 봉건 지식인들이 왕에 대한 애증의 마음을 드러내고자 할 때에 사용되는 전형적인 표현의 틀로 작용하였다. 미인美人이라는 단어 또한 군주를 지칭하는 표현으로 점차 굳어지게 되었으니, 우리나라의 「사미인곡」이나 「속미인곡」이 그런 유일 것이다.

이택후李澤厚는 중국의 문화정신이 각 시대마다 차이가 있지만 그 사상의 근간은 유가, 도가, 불가, 굴원의 사상으로 나눌 수 있다고 하였다.[5] 이는 굴원의 사상이 중국 역사에 끼친 영향이 그만큼 지대했음을 의미할 것이다. 굴원이 살던 시기는 어지러운 전국시대

---

5) 張法 著,『中西美學與文化精神』(中國人民大學出版社, 2010), 7쪽.

로, 뜻을 가진 사인들은 자신의 이상을 펼치기 위해 각국의 왕을 찾아다니며 자유롭게 왕래하였다. 그럼에도 불구하고 굴원은 초나라를 떠나지 못하고 끝내 자신의 목숨까지 바쳤다. 「이소」의 후반부에 나오는 "머뭇거리고 돌아보며 나아가지 못한다"(蜷局顧而不行)라는 구절은 끝까지 조국을 떠나지 못했던 굴원의 마음을 전한다. 때문에 그의 사상은 유구한 세월 동안 중국은 물론 동아시아 여러 국가에서 애국충신의 전범으로 작용하면서 문인사상의 한 축을 담당하게 되었다.

다음은 굴원의 「구가」이다.


구가九歌 · 상부인湘夫人


천제의 따님 북쪽 물가에 내리니          帝子降兮北渚
                                     제 자 강 혜 북 저
아득하여 내게 수심을 일으키네.          目眇眇兮愁予
                                     목 묘 묘 혜 수 여
끊임없이 가을바람 불어오고             嫋嫋兮秋風
                                     뇨 뇨 혜 추 풍
물결 이는 동정호에 낙엽이 지네.         洞庭波兮木葉下
                                     동 정 파 혜 목 엽 하


「구가」의 내용을 두고 주희는 다음과 같이 말했다.

옛 초나라 남영 고을은 원수와 상수 사이에 있는데, 그 풍속이 귀신을 믿고 제사 지내기를 좋아하였다. 그들이 제사를 지낼 때에는 반드시 무격巫覡으로 하여금 음악을 연주하고 노래하며 춤을 추면서 귀신을 즐겁게 하였다. 남만의 초나라는 습속이 비루하고 가사도 속되고 천하여…… 굴원은 쫓겨나 있었으나 그것을 보고서 느낀 바가 있었기 때문에 그 가사를 많이 개정하여 너무 심한 곳을 없애 버렸다.[6]

원래 남방지역의 토속적 정서를 담고 있는 민가였을 터인데 그 가사가 비속한 것을 보고 굴원이 고치고 다듬어 완성했을 것이라고 추정한 것이다.

이 시에 등장하고 있는 천제의 따님은 상수의 신이 된 요임금의 두 딸로, 언니가 아황娥皇이고 동생이 여영女英이다. 둘 다 순임금과 결혼했는데, 후에 순임금이 창오蒼梧의 들판에서 죽었다는 소식을 듣고 함께 상수에 몸을 던져 아황은 상군이 되고 여영은 상부인이 되었다. 어떤 이는 이 시를 "무당이 상강의 여신 상군을 찾아가려고 주술적인 힘을 발휘해 강물의 파도를 제압하며 나아가지만, 마법의

---

6) 朱熹, 『楚辭集注』(中國: 上海古籍出版社, 1979), 권2, 「九歌」, 29쪽, "昔楚南郢之邑, 元·湘之間, 其俗信鬼而好祀. 其祀必使巫覡作樂, 歌舞以娛神. 蠻荊陋俗, 詞旣鄙俚…… 原旣放逐, 見而感之, 故頗爲更定其詞, 去其泰甚."

힘이 부쳐서 만남의 장소에 도달하지 못한다. 그리하여 여신은 아쉬움에 탄식하고, 무당도 여신에 대한 그리움과 좌절감으로 흐느껴 운다"7)라고 해석하기도 한다. 서정 부분에는 물이 고난의 형상으로 등장하면서 만나야 할 이를 만나지 못하는 수심이 드러나고 있으며, 이어 추풍에 낙엽이 날리는 가을 정경의 묘사를 통해 슬픈 정서가 부각되고 있다. 이때 지는 낙엽을 '목엽하木葉下'로 표현하고 있는데, 이는 훗날 쓸쓸한 가을 정서를 담아내는 대표적인 표현이 되어 같은 의미의 낙엽落葉이나 수엽하樹葉下를 제치고 비추감성을 드러내는 형상적인 단어로 굳어졌다. 이 작품은 몽환적인 가을 분위기와 함께 시인의 안타까움, 슬픈 감성이 융화되고 있어서 일부 학자들은 이 작품을 비추감성을 표현한 명편으로 꼽기도 한다.

「상부인」은 슬픔이 감돌고 있는 애정의 명편이며 정경이 녹아 하나 되어 있는 비추의 가작이다. 동정호의 소슬한 가을 경치가 담담히 슬픈 원망을 두드러지게 하면서 「상부인」의 전편을 감싸고 있다.8)

---

7) 정우광, 「『楚辭』에 관한 종합적 소고와 자료」, 『중국어문논총』 제5집(1992), 369쪽.
8) 楊興華, 「楚辭與悲秋文學」, 『衡陽師專學報(社會科學)』 總第56期(1994 第1期), 71쪽.

이 외에도 명대의 호응린은 『시수詩藪』에서 "굴원의 「상부인」은 가을 경치를 그림처럼 묘사하였고 송옥의 「구변」은 가을의 뜻을 신의 경지로 묘사하였으니, 육조시대 및 당대 사람의 시부가 여기에서 나오지 않은 것이 없다"⁹⁾라고 평가함으로써 「상부인」에 나타나고 있는 가을 풍경의 묘사가 후대 문인들의 전범이 되고 있음을 지적하였다. 왕립도 이 작품을 "특정 계절로 시인의 뜻과 감정을 드러내는 작용을 하는"¹⁰⁾ 비추감성의 전범으로 보았다.

다음은 「구가」의 다른 작품이다.

구가九歌 · 산귀山鬼

| | |
|---|---|
| 우레는 우르르 치고 비는 어둑하게 내리는데 | 雷塡塡兮雨冥冥<br>뇌 전 전 혜 우 명 명 |
| 원숭이들은 밤새 슬피 우네. | 猨啾啾兮狖夜鳴<br>원 추 추 혜 유 야 명 |
| 바람은 스산하고 나뭇잎 우수수 지는데 | 風颯颯兮木蕭蕭<br>풍 삽 삽 혜 목 소 소 |
| 그대 그리워하며 오직 근심에 쌓여 있네. | 思公子兮徒離憂<br>사 공 자 혜 도 리 우 |

---

9) 胡應麟, 『詩藪』, 內篇卷一, "「湘夫人」秋景入畵, 「九辯」模寫秋意入神, 皆千古言秋之祖, 六代唐人詩賦靡不自此出者."(『續修四庫全書』, 上海古籍出版社, 1995~2002, 集部, 詩文評類)
10) 王立 著, 『文人審美心態與中國文學十大主題』(沈陽遼海出版社, 2002), 250쪽.

작품에서 사경에 대한 묘사의 비중이 높아지고 있음에도 시인의 서정이 더욱 두드러지고 있다. 이는 가을 정경의 묘사가 슬픈 감성과 더욱 긴밀해지고 있음을 의미한다. 비, 원숭이 울음, 스산한 바람, 우수수 지는 나뭇잎 등이 하나의 의상군을 형성하면서 굴원의 쓸쓸한 마음을 드러내며 비추감성을 구축하고 있는데, 이러한 낱말들은 훗날 비추감성을 드러내는 중요한 시어들로 자리하게 된다.

다음은 굴원의 격정적인 감성이 선명하게 드러나고 있는 「구장」이다.

### 구장九章 · 추사抽思

| 마음은 답답하고 근심스러운 생각에 | 心鬱鬱之憂思兮<br>심 울 울 지 우 사 혜 |
|---|---|
| 홀로 길게 탄식하니 슬픔만 더하네. | 獨永歎乎增傷<br>독 영 탄 호 증 상 |
| 사념은 뒤엉켜 풀리지 않는데 | 思蹇産之不釋兮<br>사 건 산 지 불 석 혜 |
| 밤은 길기만 하네. | 曼遭夜之方長<br>만 조 야 지 방 장 |
| 슬프도다! 가을바람에 초목이 흔들리는데 | 悲秋風之動容兮<br>비 추 풍 지 동 용 혜 |
| 어찌하여 북극성은 정처 없이 떠다니는가. | 何回極之浮浮<br>하 회 극 지 부 부 |

「구장」 또한 굴원이 조정에서 쫓겨나 남방지역을 헤매고 다닐

때에 자신의 근심과 울분을 토로한 작품으로 알려지고 있다. 「추사抽思」라는 제목은 생각 또는 그리움을 뽑아낸다는 의미로, 시인이 밤새 생각에 잠겨 있었음을 알 수 있다. 바람 부는 가을밤, 시인이 잠 못 들고 괴로워하는 이유는 정처 없이 떠돌고 있는 북극성 때문이다. 공자는 덕치를 주장하면서 "비유하자면 북극성이 한자리에 머물러 있으면 뭇별들이 그에게로 향하는 것과 같다"[11]라고 하였다. 북극성은 군주를 상징한다. 한자리에 머물고 있어야 할 북극성이 정처 없이 떠돌아다니고 있다는 것은 국왕이 이리저리 흔들려 주관을 가지지 못함을 의미한다. 제 역할을 하지 못하는 당시의 군주를 가리킬 것이다. 가을바람에 이리저리 흔들리고 있는 초목의 이미지를 빌려 당시의 불안한 정치상황과 시인의 답답한 마음을 동시에 표현해 내고 있다.

이상 굴원의 작품을 살펴보았는데, 『사기』 「굴원가생열전」에서는 굴원을 다음과 같이 평하고 있다.

굴원은 정도를 걸으며 충성을 다해 군주를 섬기다가 사람들의 참소에 의해 이간질을 당했으니, 곤궁하다 할 수 있다. 신의를 지니고도 의심을 받았고 충정을 다하고도 비방을 당했으니, 어찌 원망

---

11) 『論語』, 「爲政」, "子曰爲政以德, 譬如北辰, 居其所, 而衆星共之."

이 없었겠는가?[12]

사마천은 굴원의 시작詩作 배경을 자신의 충성과 신의에도 불구하고 결국은 비방당하고 쫓겨나야만 했던 데에 대한 원망의 마음이라고 파악했다. 굴원은 끝내 멱라강에 투신해 자살로 생을 마감하였다. 그가 죽은 날이 곧 음력 5월 5일이었으니, 사람들은 이날을 단오절로 정해 용주龍舟경기를 하고 대나무 잎으로 싼 찹쌀밥(粽子)을 만들어 먹으며 그를 추모하고 있다.

굴원은 자신의 작품에서 슬픈 감성을 드러내고자 할 때에 가을 정경을 적극적으로 이용하였다. 그리하여 가을 이미지는 『시경』에서보다 크게 확장되어 여러 정신적 의미들을 함의함으로써 가을과 슬픔의 관계를 한층 긴밀하게 이끌어 내고 있다.

이어 송옥의 「구변」에 대해 살펴보기로 한다. 송옥은 굴원의 제자로 알려져 있다. 그래서인지 그의 작품도 굴원의 작품과 비슷한 풍격이다. 그 또한 굴원처럼 조정의 배척을 받아 쫓겨난 선비였다는 사실을 「구변」의 내용을 통해 확인할 수 있다.

---

12) 『史記』,「屈原賈生列傳」, "屈原正道直行, 竭忠盡智以事其君, 讒人間之, 可謂窮矣. 信而見疑, 忠而被謗, 能無怨乎?"

## 구변九辯

| | |
|---|---|
| 슬프도다! | 悲哉<br>비 재 |
| 가을의 기운이여! | 秋之爲氣也<br>추 지 위 기 야 |
| 소슬하도다! | 蕭瑟兮<br>소 슬 혜 |
| 초목은 바람에 떨며 시드네. | 草木搖落而變衰<br>초 목 요 락 이 변 쇠 |
| 처량하도다! | 憭慄兮<br>요 율 혜 |
| 먼 길 떠날 때처럼. | 若在遠行<br>약 재 원 행 |
| 산에 올라 물을 바라보도다! | 登山臨水兮<br>등 산 임 수 혜 |
| 돌아갈 이를 전송하듯. | 送將歸<br>송 장 귀 |

「구변」은 비추문학사에 획을 그은 작품으로 평가되면서 여러 부분이 인구에 회자되는 명구로 남아 있다. "슬프도다! 가을 기운이여!"라고 부르짖는 첫 단락에서 벌써 가을을 슬픈 계절로 규정하고 있으며, 뒤의 낱말을 꾸며 주는 요搖, 변變, 원遠이나 꾸밈을 받는 낙落, 쇠衰, 행行 등이 모두 애상과 시름에 젖은 글자들로 구성되어 슬픈 분위기를 연출하고 있다. 후반부의 '먼 길 떠날 때에 높은 곳에 올라가 물을 굽어보는' 등고임수登高臨水의 행위 또한 그 자체만으로 이별, 슬픔의 정서를 함의하는 문학적 의상으로 굳어지면서 이후 수

많은 시구들에 등장하게 된다. 높은 곳에 올라가 먼 곳을 바라다보는 행위는 광활한 공간성을 확보하며 아득한 시간성을 상기시키는데, 그처럼 유장한 시공간적 감각은 다시 인간의 유한성과 대비되어 지극한 슬픔을 환기시키는 행위로 받아들여진 것이다. 그렇다면 송옥은 왜 그토록 슬픈 정서를 갖게 되었을까? 그에 대한 대답을 「구변」의 다른 구절에서 찾을 수 있다.

고달픈 역정이로다!　　　　　　　　　　　　坎廩兮
　　　　　　　　　　　　　　　　　　　　감 름 혜
벼슬 잃은 가난한 선비라 마음이 어지럽네.　　貧士失職而志不平
　　　　　　　　　　　　　　　　　　　　빈 사 실 직 이 지 불 평
외롭고 쓸쓸하도다!　　　　　　　　　　　　廓落兮
　　　　　　　　　　　　　　　　　　　　락 락 혜
나그넷길에 벗 한 사람 없구나.　　　　　　　羈旅而無友生
　　　　　　　　　　　　　　　　　　　　기 려 이 무 우 생

시대에 대한 원망과 비분강개한 마음이 스며 있다. 시인의 아픔은 누구라도 이해할 수 있는 보편적인 것의 상실에 기인한다. 그것은 '가난한 선비가 벼슬을 잃어서'이고, '나그넷길인데도 벗 한 사람 없어서'이다. 가난한 선비가 벼슬을 잃었다면 이어지는 현실의 고난을 짐작할 수 있으며, 벗 한 사람 없는 나그넷길 또한 절대고독의 경지를 떠올리게 한다. 길도 모르는데 벗 한 사람 없는 객지에서 땅

거미가 밀려올 때의 적막감을 누가 감히 쓸쓸하지 않다고 말할 수 있을 것인가? 이처럼 송옥의 슬픔은 누구라도 공감할 수 있는 보통 선비의 아픔이었고, 시인은 그 슬픔을 계절의 가을로 표현하였다. 그리하여 후대 문인들은 송옥의 시에 지극한 공감을 표하여, "비추객悲秋客 송옥, 송옥 비추객"이라는 단어를 새로이 만들어 내며 「구변」의 이미지를 자신들의 작품에 끌어들여서 비추감성의 전통을 수립하기에 이른다.

「구변」의 또 다른 구절이다.

| | |
|---|---|
| 하늘은 고르게 사계절 나누었는데 | 皇天平分四時兮<br>황 천 평 분 사 시 혜 |
| 나는 유독 이 차가운 가을이 슬프구나. | 竊獨悲此廩秋<br>절 독 비 차 름 추 |
| 흰 이슬이 온갖 풀을 적시니 | 白露旣下百草兮<br>백 로 기 하 백 초 혜 |
| 홀연 오동나무 가래나무 잎이 우수수 떨어지네. | 奄離披此梧楸<br>엄 리 피 차 오 추 |
| 가을이 먼저 찬 이슬로 경계했으니 | 秋旣先戒以白露兮<br>추 기 선 계 이 백 로 혜 |
| 겨울은 다시 된서리를 내리겠지. | 冬又申之以嚴霜<br>동 우 신 지 이 엄 상 |

하늘은 사계절을 고루 나누었지만 시인은 유독 가을이 슬프다고 직언한다. 가을이 지나면 겨울이 돌아온다. 사계절을 인생의 주기로

파악하는 중국인들의 사유질서 속에서, 겨울이 죽음이라면 가을은 노년에 해당하여 죽음을 기다리고 있는 대기성의 시간이다. 매를 맞을 때보다 맞을 차례를 기다리고 있는 시간이 더욱 불안하듯이, 죽음 자체보다 그 죽음을 기다리고 있는 노년의 세월이 더욱 침울하고 불안하다는 메시지이다.

이 단락에서 중심 경물로 나타나고 있는 이슬과 서리는 비추감성의 외연적 층위를 구성하는 객관적 상관물인데, 특히 서리는 일찍부터 고난의 의미와 연결되어 왔다. 그것은 만물이 서리를 맞게 되면 마르고 딱딱하게 굳어가기 때문으로, 노자는 『도덕경』에서 부드러움은 생으로 가는 길이고 딱딱함은 죽음으로 가는 길이라고 역설하면서 "부드럽고 약한 것이 딱딱하고 강한 것을 이긴다"[13]라고 자주 강조하였다. 가을에 해당하는 인생의 노년 또한 인간의 정신과 육체가 점점 굳어 가면서 죽음으로 다가가고 있는 시기이다. 이러한 사고들이 녹아들어 가을에 고독하면서도 불안한 이미지를 부여하며 비추감성을 형성하고 있다.

「구변」에서는 가난한 선비가 난세를 살아가면서 부닥뜨리는, 자신의 힘으로 어찌할 수 없는 각종 고난을 가을 이미지와 융화시켜

---

13) 『老子』, 36장, "柔弱勝剛强."

찬연한 슬픔으로 빛내고 있다. 그리하여 이슬이 찬 서리로 변하게
되는 자연의 질서까지를 인간의 슬픔과 연결시키는 중국인의 슬픔,
추창憫愴을 잘 드러내고 있는데, 다음 구절 또한 그러하다.

| | |
|---|---|
| 하늘은 가을비를 끝없이 내리시니 | 皇天淫溢而秋霖兮<br>황 천 음 일 이 추 림 혜 |
| 이 땅은 언제나 마를 수 있을지. | 后土何時而得漧<br>후 토 하 시 이 득 건 |
| 외롭게 홀로 이 거친 택지를 지키며 | 塊獨守此無澤兮<br>괴 독 수 차 무 택 혜 |
| 뜬구름 우러러 길게 탄식하네. | 仰浮雲而永歎<br>앙 부 운 이 영 탄 |
| 적막하기 그지없는 기나긴 가을밤 | 靚杪秋之遙夜兮<br>정 초 추 지 요 야 혜 |
| 슬픔으로 마음은 더욱 애상하네. | 心繚悷而有哀<br>심 료 려 이 유 애 |

가을비가 내리는 날, 홀로 앉아 탄식하는 가난한 선비의 모습을
선명하게 그려 내고 있다. 전체적인 분위기가 비감에 쌓여 있는데,
그 감성을 이끌어내는 시공간적인 요소는 가을밤과 거친 택지이다.
거기에 추적추적 내리는 비가 슬픔을 더하며 실의한 선비의 슬픔,
나그넷길의 고독, 생활의 고달픔, 늙어 가는 것의 서러움 등 송옥의
비애를 깊이 드러내고 있다.
　　시인의 서정과 가을의 사경이 온전히 융화하고 있을 뿐 아니라

이미 가을 자체에서 슬픈 뜻을 규정해 내고 있기에 온전한 비추감성이 나타나고 있다. 그리하여 후세 사람들은 송옥을 비추문학의 비조로 꼽게 되었고, 「구변」은 온전한 비추감성을 수립한 선구적 작품이 되었다.

　오비 고이치(小尾郊一)는 "가을은 서글픈 계절이라고 분명하게 잘라 말한 사람으로는 송옥을 효시로 삼아야 할 것이다"[14]라고 했으며, 왕립은 "실의한 송옥은 문인 비추의 첫 작용자作俑者"[15]라는 표현을 쓰고 있다. 이렇게 「구변」에서는 "가을은 슬픈 계절이다"라는 등식이 성립하였다. 즉 "『시경』에 나타나고 있는 흥의 기법이 경물과 시인의 관념이 서로 개별성을 유지하면서 합쳐져 있는 혼합의 성격을 띠고 있는 것이라면, 송옥의 「구변」은 물아일체의 경지로 주객이 하나 된 화합의 양상으로 발전한 것이다."[16] 그리하여 감상주의 문학의 전통이 형성되면서 이것은 중국뿐 아니라 일본 고대의 한시에까지 뚜렷한 영향력을 행사하게 된다.[17]

---

14) 小尾郊一 著, 尹壽榮 譯, 『中國文學과 自然美學』(도서출판 서울, 1992), 69쪽.
15) 王立 著, 『文人審美心態與中國文學十大主題』(沈陽遼海出版社, 2002), 250쪽.
16) 신은경, 『풍류』(보고사, 2006), 118~119쪽.
17) 劉葉立, 「中國文學中悲秋思想對日本漢詩的影響—從宋玉『九辯』說起」, 『泰安教育學院 學報岱宗學刊』 第14卷(2010 第4期), 17쪽.

## 3. 오나라의 동요

전국시기 이후에는 주 왕실의 존재 자체가 희미해지면서 제후국들이 서로 패권을 다투게 되는데, 중원 남쪽에서는 특히 오吳나라와 월越나라의 싸움이 치열하였다. 패자로 군림하던 오왕 합려閤閭가 월왕 구천句踐에게 당한 부상으로 죽음에 이르게 되자, 합려의 아들 부차夫差는 땔나무 위에서 잠을 자며 부왕의 설욕을 다짐하였다. 이윽고 부차는 월나라를 패배시키고 항복을 받아 낸다. 패배한 구천은 미인 서시西施를 바치고 자신 또한 오왕의 신하를 자처하면서 아침저녁으로 쓸개즙을 맛보며 재기를 다짐하였고, 마침내 다시 오나라를 정복하고 설욕하였다. 여기에서 와신상담臥薪嘗膽의 고사가 유래하였으며 오월동주吳越同舟라는 성어도 만들어졌다.

당시 오나라가 망해 갈 무렵, 어린아이들 사이에서 다음과 같은 노래가 유행하고 있었다.

| | |
|---|---|
| 궁궐 오동나무에 가을이 드니 | 梧宮秋<br>오 궁 추 |
| 오나라 왕은 수심 겹네. | 吳王愁<br>오 왕 수 |

『고시원』의 「고일」편에 실려 있는 작품이다. 내용은 매우 짧지만 가을과 수심의 관계가 재미있게 얽혀 있다. 글자의 배치 또한 오동나무 오(梧)와 오나라 오(吳), 궁궐 궁(宮)과 임금 왕(王), 가을 추(秋)와 시름 수(愁) 등으로 음운학적 통일이 이루어져 있어서, 동요로서의 특성과 함께 가을과 수심을 등가로 여기는 문학적·언어학적 배경이 함축적으로 나타나고 있다.

이 노래가 유행하던 시기는 오왕 부차가 통치하던 때라고 하는데, 부차는 오나라의 마지막 군주이다. 나라가 망해 가는 시점에서 왕을 낙엽이 되어 가는 오동나무에 비유하고 가을을 수심에 비유하고 있는 사실이 흥미롭다. 손바닥보다 더 큰 오동잎은 하나만 떨어져도 푸른 하늘이 휑하게 드러나면서 천하가 다 가을을 느낄 수 있다. 그 정도로 오동잎 떨어지는 풍광은 가을의 특별한 정경이다. "오동은 나무가 크고 잎이 커서, 나부끼며 떨어질 때 시각을 자극하여 마음에 감발을 일으킨다. 선진시기에는 좋은 인격을 의미하기도 하였으며, 또한 금琴의 재료가 되기에 음악과 관련하여 애정을 연상시키는 의상이 되기도 하였다."[18]

이 작품은 표면적으로 오동잎 떨어지는 가을 정경이 오왕의 수

---

18) 兪香順,「中國文學中的梧桐意象」,『南京師範大學文學院學報』第4期(2005), 95쪽.

심을 이끌고 있다. 그러나 이는 의미와는 상관없이 음운학적 특징만
으로 가사가 이루어지는 경우가 많은 동요이기 때문에 비추감성의
발현으로 단정 짓기에는 어려움이 따른다. 다만 역사를 통해 오동잎
이 지고 나자 오나라도 망하고 마지막 왕 부차는 항복의 치욕을 견
디지 못해 자살로 생을 마감했다는 사실을 알 수 있을 뿐이다. 역사
속의 인물들을 살펴볼 때면 인간이 위대하게 느껴지기도 하지만 한
없이 무력하게 다가올 때도 있다. 자신의 인생길을 한 치 앞도 내다
보지 못하기 때문이다.

한바탕 비가 쏟아지고 하늘이 갠 날이면 길가 여기저기 죽어 있
는 지렁이들을 볼 때가 있다. 그들은 풀숲으로 난 길을 찾아 헤매다
도로 가운데로 잘못 나와 한순간 차에 치이거나 사람에게 짓밟혀서
생을 마감했을 것이다. 인간 또한 장차 어느 길로 가야 살 수 있을
것이며 어떤 선택을 내려야 후회가 없을 것인지, 한 치 앞을 내다보
지 못한다는 점에서는 그들과 크게 다를 바 없을 것이다. 짤막한 동
요를 통해 흥망성쇠를 거듭했던 전국시대 오·월의 유장했던 형세
를 사색해 본다.

제3장 비추감성의 형성 : 한대

한나라 시대는 고조 유방劉邦이 장안에 도읍을 정하던 기원전 206년부터 조비曹丕가 위魏를 건국한 기원후 220년까지 약 400년의 기간을 말한다. 중국문화의 원형은 많은 것들이 이 한대의 문화 속에 자리하고 있다. 중국 민족을 한족이라 부르고 중국 글자를 한자라고 하는 이유도 여기에 있다. 한을 다시 세분하면 전한, 신, 후한으로 나눌 수 있다.

한 문화의 기틀이 다져지던 초기에 무제武帝는 유가를 국교로 채택하여 통치와 사회윤리의 근간으로 삼았다. 이러한 분위기에 따라 이전 시대까지 비교적 자유를 누렸던 사士 계층이 군신관계로 편입되어 통치자의 눈치를 살피게 되면서, 그들의 작품은 수사적인 경향으로 기울어 인간의 솔직한 감성이 결여되기도 했다. 그러나 전반적으로 한나라 시기는 고전시가의 역사에 있어서 매우 중요한 기간에 해당한다.

먼저 형식적인 면에 있어서 한대는 선진시기를 계승하면서도 새로운 양식을 모색하였던 시기로, 2언, 3언, 4언, 5언, 6언, 7언체 형식이 다양하게 시도되었다. 이와 함께 초기 작품에 혜兮 자가 많이 나타나고 있음을 볼 수 있는데, 이를 통해 『초사』의 영향력을 알 수 있다. 실제로 이 시기에는 『초사』에서 발전한 부賦문학이 특히 성행하기도 하였다.

한편 시가의 내용적인 면에 있어서는 인간의 숙명에 자연의 질서가 결부된 존재론적인 문제에서부터 현실생활에서 부딪치는 각종 고난과 남녀 간의 애정문제에 이르기까지 다채로운 내용들이 나타나고 있다. 특히 무제 때에는 악부라는 관청이 만들어지면서 문인들에 의해 「교사가郊祀歌」와 같은 의례용 작품이 지어지기도 하고 선진 시기의 채시 전통처럼 민간의 가요를 광범위하게 수집하기도 하였는데, 당시 수집된 악부시에는 민간인들의 삶이 생생하게 드러나고 있다.

한대의 시가에는 비추감성 또한 매우 심도 있게 나타나고 있다. 후대의 비추문학에 등장하는 주요 주제들이 이미 선명하게 드러나고 있을 뿐 아니라, 가을 이미지가 작품의 분위기를 슬픔으로 유도하는 핵심적 역할을 담당하고 있다. 비록 사상적인 면에서는 음양오행사상 등의 영향으로 가을이 분노의 감성과 연결되고 있기는 하지만, 사계절에 따른 인간의 정서가 확립되면서 계절을 인간의 감성으로 환치해서 받아들이는 인식 또한 비추감성 보편화의 기저가 되어 주었다. 그리하여 일부 문인들에게서는 송옥 이후 확립된 비추감성의 전통을 분명히 계승하고 있는 모습이 나타나기도 한다.

한대의 가을 시(秋詩)에는 뚜렷한 구분 양상이 나타나고 있는데, 무제와 소제처럼 작가가 명확하게 드러나고 있는 지배계층의 작품에서는 인간의 힘으로는 어찌할 수 없는 존재론적인 비애가 슬픔의 기저를 이루고 있는 반면, 일반 백성과 작가 미상의 작품에서는 대부분 살아가면서 부딪치는 현실적인 문제로 인한 슬픔들이 자리하고 있다. 이러한 두 갈래의 시가는 동한 말에 이르러 문인계층에 의해 악부가사의 내용을 다듬은 오언시가 창작됨으로써 하나로 융합되어 고전시가의 새로운 흐름을 생성하였다. 즉 난세를 만난 지식인들의 현실적 고민이 형이상학적인 문제들과 융화되어 세기말적 감성으로 표출되었으며 그 형식으로는 5언체 시가 부각되기 시작하는데, 「고시십구수」가 그 예에 해당한다.

이러한 특징에 따라 한대의 추시를 세 부류로 나누어 살펴보고자 한다. 분석 대상 작품은 청대 심덕잠沈德潛이 편찬한 『고시원古詩源』에 실려 있는 한대의 추시이다.

# 1. 존재론적인 울적함: 황제의 시

인간은 살아가면서 의식주의 절박함이나 현실적 고통이 아니더라도 늙음이나 죽음처럼 어찌할 수 없는 숙명론적인 문제들로 인해 울적함에 잠길 수가 있다. 이러한 문제를 토로하고 있는 작가들은 대개 생을 부지해 나가기 위한 의식주의 문제가 어느 정도 해결된 지배층일 가능성이 높다. 따라서 한대의 시가에는 주로 황제들의 작품에서 이러한 형이상학적인 문제들로 인한 비애가 드러나고 있다.

먼저 한 초기 문제文帝, 경제景帝의 치세에 힘입어 최고의 번성기를 구가했던 무제武帝의 두 작품을 살펴보고자 한다.

**추풍사**秋風辭

| | |
|---|---|
| 가을바람 일어나니 흰 구름 날리고 | 秋風起兮白雲飛<br>추 풍 기 혜 백 운 비 |
| 초목 누렇게 지니 기러기도 남으로 돌아가네. | 草木黃落兮雁南歸<br>초 목 황 락 혜 안 남 귀 |
| 난초 빼어나고 국화 향기로운데 | 蘭有秀兮菊有芳<br>난 유 수 혜 국 유 방 |
| 고운 님 생각하니 잊을 수가 없구나. | 懷佳人兮不能忘<br>회 가 인 혜 불 능 망 |
| 큰 배 띄워 분하¹⁾를 건너고자 | 泛樓船兮濟汾河<br>범 루 선 혜 제 분 하 |
| 강물 가로지르니 흰 물결이 휘날리네. | 橫中流兮揚素波<br>횡 중 류 혜 양 소 파 |

| | |
|---|---|
| 퉁소 불고 북 울리며 뱃노래를 부르지만 | 簫鼓鳴兮發棹歌<br><small>소 고 명 혜 발 도 가</small> |
| 환락이 지극하면 슬픈 정도 많은 법 | 歡樂極兮哀情多<br><small>환 락 극 혜 애 정 다</small> |
| 젊음이 얼마이런가? 늙음을 어찌하리. | 少壯幾時兮奈老何<br><small>소 장 기 시 혜 내 로 하</small> |

이 작품에는 "무제가 분음 땅에서 토지신에게 제사 지낸 뒤 하동으로 행차하여 백성들의 생활을 살피고, 기쁜 마음으로 강 위의 화려한 범선에서 여러 신하들과 주연을 벌이는 중에 지은 것"[2]이라는 서문이 달려 있다. 국가의 성대한 제례의식을 마치고 난 후 뒤풀이 연회에서 지었다는 설명이다.

시의 전체적인 내용은 대자연의 섭리 안에서 인간의 노쇠라는 보편적인 사실을 인식하고 찾아드는 슬픔을 적고 있다. 화려한 잔치 속에서 지극한 환락을 누리고 있지만, 속절없이 다가오는 늙음에 대해 생각이 미치자 생의 유한함에 허무감을 느낀다. 그러한 감응을 일으킨 요소는 가을바람에 누렇게 날리는 낙엽이다. 가을을 느끼고 인간의 숙명에 대해 고민하는 모습이다. 전체적으로 사경→서정이라는 선경후정의 반복구조를 통하여 가을 이미지와 시인의 비애를 결합한 비추감성을 보이고 있다. 이는 한 고조가 천하를 제패한 뒤

---

1) 汾河는 山西省 寧武縣 管涔山에서 발원하여 萬榮縣 서쪽에서 黃河로 흘러드는 강이다.
2) 「秋風辭幷序」, "帝行幸河東, 祠后土, 顧視帝京, 忻然中流, 與群臣飮讌, 自作「秋風辭」."

고향으로 돌아가 위엄을 내보이며 지었다는 「대풍가大風歌」의 "큰 바람이 일어나니, 구름이 나부끼며 흩날리도다"3)라는 구절과 매우 유사하다. 이 두 작품은 "「대풍가」는 천추기개의 시조요, 「추풍사」는 백대홍치의 으뜸이다"4)라는 평을 얻고 있다.

형식은 모두 아홉 구로 이루어져 있는데, 전체적으로 세 번 운이 바뀌는 색다른 외연을 갖추고 있다. 1, 2구에서는 '가을바람이 일어나니 흰 구름이 날리고, 낙엽이 떨어지니 기러기가 돌아간다'라는 내용으로 전형적인 가을 정경을 묘사하고 있다. 3, 4구에서는 난초, 국화와 같은 향초가 나오고 또 '잊을 수 없는 가인'이라는 표현이 등장하고 있어서 「이소」의 유풍을 강하게 보여 준다. 또한 가을 정경에 대한 묘사는 「구가·상부인」의 의경과도 매우 유사한 모습을 보인다.5) 5, 6구에서는 큰 배가 분하를 가로지르며 일으키는 하얀 파도를 생생히 묘사하고 있는데, 부서지는 파도의 흰색은 시각적 이미지를 자극하며 오행사상에서 가을을 상징하는 하얀색과 일치한다. 마지막 7, 8, 9구에서는 시인의 서정을 적고 있는데, 지극한 환락

---

3) 「大風歌」, "大風起兮, 雲飛揚."(沈德潛 撰, 馮保善 注譯, 『古詩源』, 109쪽)
4) 胡應麟, 『詩藪』, 內篇卷一, "「大風」千秋氣槪之祖, 「秋風」百代情致之宗."(『續修四庫全書』, 上海古籍出版社, 1995~2002, 集部, 詩文評類)
5) 沈德潛 撰, 馮保善 注譯, 『古詩源』, 126쪽, "「秋風辭」는 「湘夫人」의 '嫋嫋兮秋風, 洞庭波兮木葉下……沅有芷兮澧有蘭, 思公子兮未敢言'과 의경이 매우 유사하다."

가운데서도 내면 깊숙이 자리하고 있는 오롯한 슬픔이다.

그렇다면 한 제국의 제왕으로 최고의 권력을 누렸던 무제가, 그것도 가장 전성시기에 지극한 환락 가운데서 왜 그처럼 슬픈 정서를 갖게 되었을까? 이는 제아무리 일국의 제왕이라 할지라도 인간이라면 예외일 수 없는 생로병사의 규칙 때문이다. 「추풍사」의 이와 같은 비추의식은 이후 위진시기 수많은 시인에게로 이어지는데, 특히 좌사左思의 「잡시」는 작품의 구성과 풍격 면에서 더욱 유사함을 보인다.[6] 이들 작품은 모두 자연의 섭리 속에서 인간의 보편적인 슬픔을 인식한다는 특징을 보이고 있다.

## 낙엽애선곡落葉哀蟬曲

| | |
|---|---|
| 비단 소매는 소리도 없는데 | 羅袂兮無聲<br>나 메 혜 무 성 |
| 섬돌 계단에 먼지가 이네. | 玉墀兮塵生<br>옥 지 혜 진 생 |

---

6) 左思, 「雜詩」, "秋風何冽冽, 白露爲朝霜. 柔條旦夕勁, 綠葉日夜黃. 明月出雲崖, 皦皦流素光. 披軒臨前庭, 嗷嗷晨鴈翔. 高志局四海, 塊然守空堂. 壯齒不恒居, 歲暮常慨慷."(가을바람은 어찌 그리 차가운지, 흰 이슬이 아침 서리가 되었네. 부드럽던 가지는 조석으로 뻣뻣해지고, 푸르던 잎도 밤낮으로 누렇게 변하네. 밝은 달이 구름가에서 나오더니, 교교히 흰 빛을 뿌리네. 창을 열고 앞뜰을 바라보니, 끼룩끼룩 새벽 기러기 날아가네. 사해를 경영하려는 높은 뜻 위축되어, 쓸쓸히 빈집만 지키네. 젊음은 영원히 머무는 것이 아니기에, 세모에는 늘 강개해지네.)(沈德潛 撰, 馮保善 注譯, 『古詩源』, 546쪽)

| | |
|---|---|
| 빈방은 차갑고 적막한데 | 虛房冷而寂寞<br>허 방 랭 이 적 막 |
| 굳게 닫힌 규문에는 낙엽만 쌓이네. | 落葉依于重局<br>낙 엽 의 우 중 경 |
| 저 아름다운 여인을 바라보지만 어찌 얻을까? | 望彼美之女兮安得<br>망 피 미 지 녀 혜 안 득 |
| 내 마음 흔들려 편안치 못하네. | 感余心之未寧<br>감 여 심 지 미 녕 |

    제목에 보이는 낙엽과 매미(蟬)는 가을을 상징하는 대표적인 경물이다. 시의 1, 2구에 나타나고 있는 비단 소매와 섬돌은 규방을 환기시키는 경물이 되고, 3구의 차고 적막한 빈방은 고독과 외로움을 간직한 여인을 상기시키면서 비추감성을 형성하고 있다. 비추문학에서 이러한 단어들의 이미지는 줄곧 규방 여인의 고독이라는 감성적 의미를 생성하며 하나의 관습처럼 굳어지게 되는데, 무제에 의해 이러한 가사가 지어졌다는 사실이 흥미롭다. 작품 속의 혜兮 자는 앞에서 살펴보았던 「추풍사」에도 나타나고 있는 것으로 곧 초가의 유풍이다. 이는 한 초기의 지배계층 중에 옛 초 땅 출신이 많았다는 사실을 시사한다. 낙엽 지는 가을 정경과 홀로 남은 규방 여인의 슬픔이 결합하고 있는 이러한 주제는 이후 비추문학의 주요 내용으로 꾸준히 이어지고 있다.

    무제는 54년이라는 긴 재위시절만큼 사랑하는 여인 또한 많았다.

그 중 한 사람이 이부인李夫人이다. 그녀는 출신이 미천하였지만 가무와 미모로 무제의 마음을 사로잡았는데, 자식 하나를 낳고 갑자기 젊은 나이로 세상을 떠나고 말았다. 그녀가 너무나 보고 싶었던 무제는 전국의 뛰어난 방술사方術士를 찾아 그녀의 혼이라도 만나보고자 한다. 그때 제齊 땅의 소옹少翁이라는 사람이 그녀의 혼령을 부를 수 있다고 하여, 밤에 등불을 마련하고 휘장을 설치하여 혼령을 부르는 의식을 거행하였다. 다음 시는 그 의식을 거행하던 날 밤에 무제가 지은 것이다. 가을 시는 아니지만 「낙엽애선곡」의 이해를 돕기 위해 감상한다.

### 이부인가李夫人歌

그녀인가? 아닌가? 서서 멀리 바라보네.　　是耶非耶立而望之
　　　　　　　　　　　　　　　　　　　시 야 비 야 입 이 망 지
어찌 그리도 나긋나긋 더디게 오는가?　　翩何姍姍其來遲
　　　　　　　　　　　　　　　　　　　편 하 산 산 기 래 지

방술사가 이부인의 혼백을 부르는 중이다. 궁중에 신비스러운 안개가 피어오르면서 어렴풋한 이부인의 실루엣이 비단 소매를 늘어뜨리고 소리 없이 등장한다. 영락없는 그녀의 자태이다. 무제는 그 모습을 보고 가까이 다가가고 싶지만 그럴 수가 없다. 가까이 가면 절대 안 된다고 하였기 때문이다. 그리하여 황제는 나아가지도 못한 채 발뒤꿈치를 딛고 고개를 빼며 조급해한다. 애타는 그의 속내를 알 수 있다. 이부인의 오빠가 대장군 이광리인데, 그를 따르지 않고 흉노와 단독으로 싸우다 포로가 된 이가 이릉이다. 그리고 이릉을 변호하다가 궁형을 당한 이가 『사기』의 저자 사마천이다. 이러한 역사적 사건을 들추어 보면 이부인에 대한 무제의 무한사랑을 엿볼 수 있다. 「낙엽애선곡」 또한 무제가 그녀를 그리워하며 지은 작품이다. 황제는 그녀가 생각나 옥섬돌이 놓여 있는 그녀의 거처를 맴돌아 보지만, 차고 적막한 빈방을 보자 고독과 외로움만 커진다. 두 사람을 갈라놓은 것이 죽음이기 때문에 천하지존의 황제라도 어찌할 도리가 없는 것이다.

다음은 무제를 이어 제위에 오른 소제昭帝의 작품이다.

### 임지가淋池歌

| 가을 햇살이 큰 파도에 일렁이는데 | 秋素景兮泛洪波 |
| --- | --- |
| | 추 소 경 혜 범 홍 파 |
| 고운 손을 들어 마름과 연꽃을 따네. | 揮纖手兮折芰荷 |
| | 휘 섬 수 혜 절 기 하 |
| 찬바람 소슬한데 뱃노래 드날리고 | 涼風凄凄揚棹歌 |
| | 양 풍 처 처 양 도 가 |
| 구름 빛 걷혀 밝아지며 새벽달이 강으로 지네. | 雲光開曙月低河 |
| | 운 광 개 서 월 저 하 |

만세토록 즐긴다 한들 어찌 많다 이르리.　　　　　萬歲爲樂豈云多
　　　　　　　　　　　　　　　　　　　　　　　만 세 위 락 기 운 다

　임지는 소제가 만든 호수로, 오늘날 서안시 부근에 옛터가 남아
있다고 한다. 전체 다섯 구로 이루어진 이 작품은 매 구가 파波, 하荷,
가歌, 하河, 다多로 압운하고 있다. 4구의 "새벽달이 강으로 지네"라는
표현을 통해서 황제가 밤을 새워 호수에서 뱃놀이를 즐기고 놀았음
을 알 수 있다. 그럼에도 불구하고 새벽을 맞는 것이 아쉬운지 "만
세토록 즐긴다 한들 어찌 많다 이르리"라고 하면서 아쉬움을 토로
한다. 급시행락及時行樂의 면모와 더불어 영원한 수명을 누리지 못함
으로 인한 안타까움이 가을 이미지와 융화하면서 비추감성을 구성
한다. 이는 생로병사를 거쳐야 하는 인간의 존재론적 슬픔으로, 「추
풍사」에서와 마찬가지로 인간의 힘으로 제어할 수 없는 흐르는 세
월에 따른 슬픔을 토로한 것이다. 그 형이상학적 비애가 파도에 일
렁이는 가을 햇살과 강으로 지는 새벽달을 통해 표상되고 있다.
　봉건전제주의시대에 권력의 최고 자리에서 뛰어난 지도력을 발
휘했던 제왕들이 문인들의 창작 대오에 참여하여, 인간의 힘으로 어
찌할 수 없는 형이상학적인 문제들로 인해 슬퍼하는 모습을 보여
주고 있다. 비추의 함의가 인생무상, 자연의 순환, 우주의 질서에까
지 확대되어 가는 모습을 볼 수 있다.

## 2. 현실의 아픔들: 백성의 시

한대에 전제황권이 확립되면서 일반 백성들은 강력한 국가체제의 확립을 위해 군역과 요역에 수시로 동원되었다. 또한 국가의 결정이면 어떠한 운명도 받아들여야만 했다. 그리하여 개인은 자신의 행복한 삶을 추구하지 못하고 국가의 결정에 따른 고단한 일생을 살아야 했다. 때문에 그들이 남긴 작품에는 현실을 감내해야 했던 신산한 아픔들이 생생하게 드러나고 있다.

먼저 자신의 의지와 상관없이 먼 이국땅에서 조국과 대치 중인 이민족 국가의 왕비로 살아야 했던 왕소군王昭君의 시를 살펴본다.

### 원시怨詩

| | |
|---|---|
| 가을 나무 쓸쓸하게 | 秋木萋萋 <br> 추 목 처 처 |
| 그 잎들이 누렇게 시들어 가네. | 其葉萎黃 <br> 기 엽 위 황 |
| 산에 사는 새 한 마리 있어 | 有鳥處山 <br> 유 조 처 산 |
| 뽕나무 둥치에 깃들었네. | 集于苞桑 <br> 집 우 포 상 |
| 깃털을 잘 길렀더니 | 養育毛羽 <br> 양 육 모 우 |
| 모습에서 광채를 발하네. | 形容生光 <br> 형 용 생 광 |

구름에 오를 수 있게 되어 　　既得升雲
　　　　　　　　　　　　　　　기 득 승 운

위로 날아올라 곡방7)에서 노닐었네. 　上遊曲房
　　　　　　　　　　　　　　　상 유 곡 방

이궁은 너무나도 휑하고 　　　　離宮絶曠
　　　　　　　　　　　　　　　이 궁 절 광

몸은 망가져 숨었네. 　　　　　身體摧藏
　　　　　　　　　　　　　　　신 체 최 장

마음도 눌리고 가라앉아서 　　志念抑沈
　　　　　　　　　　　　　　　지 념 억 침

날아오를 수가 없다네. 　　　　不得頡頏
　　　　　　　　　　　　　　　불 득 힐 항

비록 깃들고 먹을 수 있다 하나 　雖得委食
　　　　　　　　　　　　　　　수 득 위 식

마음은 방황하기만 하여라. 　　心有徊徨
　　　　　　　　　　　　　　　심 유 회 황

나 홀로 어찌할까! 　　　　　　我獨伊何
　　　　　　　　　　　　　　　아 독 이 하

오고가매 옛것들을 바꿀 수밖에. 　來往變常
　　　　　　　　　　　　　　　내 왕 변 상

훨훨 나는 제비 되어 　　　　　翩翩之燕
　　　　　　　　　　　　　　　편 편 지 연

멀리 서강8)에 깃들고저. 　　　遠集西羌
　　　　　　　　　　　　　　　원 집 서 강

높은 산은 아득하고 　　　　　高山峨峨
　　　　　　　　　　　　　　　고 산 아 아

황하 물은 출렁출렁. 　　　　　河水泱泱
　　　　　　　　　　　　　　　하 수 앙 앙

아버님이시여! 어머님이시여! 　父兮母兮
　　　　　　　　　　　　　　　부 혜 모 혜

길이 멀고 아득하네요. 　　　　道里悠長
　　　　　　　　　　　　　　　도 리 유 장

---

7) 曲房은 밀실의 의미로, 궁궐에 있는 궁녀나 후궁이 살아가는 공간이다.
8) 西羌은 서쪽지방 羌族의 땅이다.

아! 슬프도다!

근심으로 마음이 상하네.

嗚呼哀哉
오 호 애 재

憂心惻傷
우 심 측 상

    왕소군의 이름은 장嬙인데 소군으로 더 잘 알려져 있다. 중국 4
대 미인 중의 한 명으로 꼽을 정도로 뛰어난 미모를 지니고 원제元帝
때에 후궁으로 들어갔다. 그러나 자신의 미모를 믿고 화가에게 뇌물
을 쓰지 않았다가 화친을 위해 흉노의 왕에게 시집가는 신세가 되었
다. 처음에는 호한야선우呼韓邪單于의 왕비가 되어 아들 하나를 낳았
고, 호한야가 죽은 뒤에는 호한야 본처의 아들인 복주루선우復株累單
于에게 재가하여 두 딸을 낳았다. 선우는 흉노의 왕에 해당하는 칭호
이다.

    이 시는 왕소군이 흉노 땅으로 막 들어갈 즈음 지은 듯하다. 그
녀는 자신의 모습을 한 마리 산새로 비유하여, 예쁘게 잘 자랐는데
결국은 몸이 망가져 자유롭게 날 수 없는 신세가 되었다고 탄식한
다. "비록 먹을 것이 있다 하나, 마음은 방황하기만 하고"의 구절은
후대 그녀를 생각하고 지었다는 '봄이 왔으되 봄 같지 않다는' "춘래
불사춘春來不似春"의 구절과 함께 변방 타국에서 느꼈을 그녀의 한을
느끼게 한다.

    이 시는 서두의 "가을 나무 잎이 누렇게 시들어 간다"라는 표현

과 마지막 구절의 "슬프도다! 근심으로 마음이 상하네"의 애통한 심정이 수미首尾를 이루며 비추감성을 형성한다. 왕소군의 이야기는 그녀의 기이한 일생으로 인해 많은 문인들의 동정을 얻어 후대에 애련의 주인공이라는 하나의 문학적 의상을 형성할 만큼 사랑받았다. 진晉나라 문제文帝(司馬昭) 때 기휘하여 명군明君이라 칭해진 뒤로부터는 명비明妃로 불리면서, 중국뿐 아니라 우리나라에도 그녀를 소재로 삼은 한시가 대단히 많이 남아 있다.

다음은 애인의 변절에 대해 쓰고 있는 작자 미상의 작품이다.

### 유소사有所思

| | |
|---|---|
| 그리운 이가 있는데 | 有所思<br>유 소 사 |
| 큰 물 남쪽에 계시네. | 乃在大海南<br>내 재 대 해 남 |
| 무엇을 보내어 안부를 여쭐까? | 何用問遺君<br>하 용 문 유 군 |
| 쌍구슬 달린 대모 상투꽂이라네. | 雙珠玳瑁簪<br>쌍 주 대 모 잠 |
| 옥으로 싸서 감아 놓았는데 | 用玉紹繚之<br>용 옥 소 료 지 |
| 님에게 딴 맘 있다는 소식 듣고서 | 聞君有他心<br>문 군 유 타 심 |
| 와락 부수어 태워 버렸네. | 拉雜摧燒之<br>납 잡 최 소 지 |
| 부수고 태워서 | 摧燒之<br>최 소 지 |

바람결에 그 재를 날려 버렸네.　　　　　　　當風揚其灰
　　　　　　　　　　　　　　　　　　　　　당 풍 양 기 회

지금 이후에는　　　　　　　　　　　　　從今已往
　　　　　　　　　　　　　　　　　　　　　종 금 이 왕

다시는 사랑하지 않으리.　　　　　　　　勿復相思
　　　　　　　　　　　　　　　　　　　　　물 부 상 사

그대와의 사랑은 끝　　　　　　　　　　相思與君絶
　　　　　　　　　　　　　　　　　　　　　상 사 여 군 절

닭이 울고 개가 짖으니　　　　　　　　　鷄鳴狗吠
　　　　　　　　　　　　　　　　　　　　　계 명 구 폐

오빠와 올케도 당연히 그것을 알리라.　　兄嫂當知之
　　　　　　　　　　　　　　　　　　　　　형 수 당 지 지

휴, 아아!　　　　　　　　　　　　　　　妃呼豨
　　　　　　　　　　　　　　　　　　　　　비 호 회

가을바람 소슬하고 새벽바람 세찬데　　　秋風肅肅晨風颸
　　　　　　　　　　　　　　　　　　　　　추 풍 숙 숙 신 풍 시

동방이 머지않아 밝아지면 내 맘 알까.　東方須臾高知之
　　　　　　　　　　　　　　　　　　　　　동 방 수 유 고 지 지

이 시의 주된 내용은 애인을 두고 처음에 그를 사랑했던 마음과 배반당한 후에 느낀 분노의 감정을 극명하게 표현한 것이다. 태산처럼 무거웠던 사랑의 맹세도 시간이 흐르면 변하기 마련이다. 처음에 시적 화자는 떨어져 있는 연인에게 보낼 선물을 옥으로 고이고이 포장해 두었다. 그러나 그가 변심했다는 사실을 알고 난 후에는 단호히 절교를 선언한다. 연정이 분노로 변하면서 그에게 보내려 했던 쌍주대모잠을 부수고 불태워 재마저 바람에 날려 버린다. 5, 7, 8, 14, 17구에서 모두 지之 자로 끝을 맺고 있는데, 이를 통해 노기의 깊이와 헤어지고자 하는 그녀의 결단력이 전해지는 듯하다. 11구와 12구에서는 상사相思로 끝을 맺고 상사로 시작하여 돌림노래조의 가락을 느끼게 하는데, "다시는 사랑하지 않으리. 그대와의 사랑은 끝" 하고 냉정하게 돌아서는 한대 민간 여인의 결단력 있는 이별이 신선하게 다가온다.

이 작품에서는 가을이 분노의 감성과 연결되고 있다. 이는 한대의 사상에서 가을이 분노(怒)의 감정과 연결되고 있는 것과 일치한다. 유교를 국교로 채택하였던 한대에는 국가적인 차원에서 가을을 의로움과 결합시키며 분노의 감성으로 받아들이게 했다.

국가의 제례에 사용하기 위해 관청에서 창작한 다음 작품을 읽어 보면 한대 사상에 나타나고 있는 가을 감성이 한결 분명해질 것이다.

### 서호西顥

| | |
|---|---|
| 서쪽의 신이 내려오시니 | 西顥沆碭<br>서 호 항 탕 |
| 가을 기운으로 초목이 시드는구나. | 秋氣肅殺<br>추 기 숙 살 |
| 곡식은 여물고 벼 이삭은 머리를 숙였으니 | 含秀垂穎<br>함 수 수 영 |
| 여름의 성장을 이어 멈추지 않았음이라. | 續舊不廢<br>속 구 불 폐 |

간교함과 거짓은 싹트지 않고                奸僞不萌
<br>간위불맹

요사하고 간악한 것은 엎드렸도다.          妖孽伏息
<br>요얼복식

변방의 궁벽한 곳 아무리 멀더라도        隅辟越遠
<br>우벽월원

사방의 오랑캐가 모두 복종해 오는 것은     四貉咸服
<br>사맥함복

이 나라의 위엄을 두려워하고             既畏玆威
<br>기외자위

큰 덕을 사모함이네.                    惟慕純德
<br>유모순덕

가을을 따르되 교만하지 않으며           附而不驕
<br>부이불교

바른 마음으로 공경하고 삼가네.           正心翊翊
<br>정심익익

　교郊제사는 황제가 교외에서 천지신명께 올리는 제사인데, 교제사 때 연주되는 악곡에 붙여진 가사가 교사가이다. 무제 때에 악부에서 19장을 지었는데 현재 『한서』 「예악지」에 실려 전하고 있다. 호顥는 호皓와 통하며 흰색을 뜻한다.9) 음양오행사상에서 가을은 방위로는 서쪽을 가리키고 색상은 흰색과 통한다. 그리하여 가을의 신에게 제사 지내는 노래를 「서호」라 한 것이다. 이 시가 바로 그런 작품으로, 가을 교제사를 지낼 때에 사용한 악곡의 가사이다. 즉 서쪽을 주관하는 신인 '소호금천씨少昊金天氏'에게 올린 제사의 노래이

---

9) 서성 역주, 『兩漢 詩集』(보고사, 2007), 21~25쪽.

다. '소호금천씨'의 지휘 아래 가을을 직접 운행하는 신은 '욕수蓐收'이다.

　이처럼 악부에서는 민간가요의 채집뿐 아니라 의례용 작품의 창작도 이루어졌는데, 창작을 주도한 이들은 예술에 정통한 전문 문인이었다. 전문 문인에 의해 창작된 의례용 작품을 통해서 국가지배층의 의도를 살펴볼 수 있다. 이 시에 나타나고 있는 가을 이미지는 제1장에서 살펴본 『예기』에서의 가을 이미지와 흡사하다. 특히 2구의 추기숙살秋氣蕭殺이라는 시어는 엄숙함과 의기로 나타났던 『예기』의 가을 이미지를 단적으로 보여 주는 듯하다. 즉 가을의 풍요로움을 잠깐 언급하고 난 후로는 온통 사방의 이민족들에게 국가의 위엄을 드러내고자 하는 내용으로 가득 차 있다. 현실적으로 가을은 이민족들이 수확한 곡식을 노리는 계절이기도 했기에 긴장을 늦출 수 없었다. 따라서 국가에서는 가을이 되면 더 많은 군사를 징발하고 군기를 더욱 엄하게 해야만 했다. 이러한 현실적 상황으로 인해 가을 제사에 쓸 노래의 가사가 국가의 위엄을 내보이는 데에 집중하고 있다. 가을을 의로움과 대응시키며 분노의 감성을 촉발하게 하였던 것이 현실적 도전에 대한 응전의 결과였음을 이해할 수 있다.

고가古歌

| 가을바람 우수수 사람을 시름겹게 하누나. | 秋風蕭蕭愁殺人<br><small>추 풍 소 소 수 쇄 인</small> |
| 집을 나서도 시름이요, 들어서도 시름이네. | 出亦愁入亦愁<br><small>출 역 수 입 역 수</small> |
| 이 자리 가운데 어느 누가 | 座中何人<br><small>좌 중 하 인</small> |
| 근심이 없겠는가? | 誰不懷憂<br><small>수 불 회 우</small> |
| 근심으로 머리가 희어져 가네. | 令我白頭<br><small>영 아 백 두</small> |
| 오랑캐 땅은 회오리바람이 많아 | 胡地多飆風<br><small>호 지 다 표 풍</small> |
| 나무들이 어찌나 바스락대는지. | 樹木何修修<br><small>수 목 하 수 수</small> |
| 집을 떠나 날마다 멀어질수록 | 離家日趨遠<br><small>이 가 일 추 원</small> |
| 허리띠는 날마다 느슨해지네. | 衣帶日趨緩<br><small>의 대 일 추 완</small> |
| 마음속 생각 말로는 다할 수 없어서 | 心思不能言<br><small>심 사 불 능 언</small> |
| 창자 속에 수레바퀴가 굴러가는 듯. | 腸中車輪轉<br><small>장 중 거 륜 전</small> |

「고가」는 집을 떠난 나그네가 가을을 만나 시름겨워하며 고향을 그리워하는 내용이다. 작품의 도입 부분에서부터 가을바람이 우수수 불어오기 때문에 집을 나서도 시름이요 집안으로 들어서도 시름이어서 오직 여위어 갈 뿐이라고 하여, 가을과 시름을 긴밀하게 연

결시키면서 비통한 심사를 거침없이 쏟아낸다. 이는 송옥의 「구변」에서와 유사한 이미지이다. 모래바람을 맞으며 사막지역으로 나아가는 길, 풍찬노숙의 긴 여정으로 인해 날마다 몸이 야위어 가니 허리띠는 더욱 느슨해진다. 이미 서두에서부터 '가을바람에 사람이 여위어 갈 뿐'이라고 하여 시름과 가을 이미지를 결합시켜서 비추감성을 보여 주고 있으니, 왕립王立은 이 작품을 두고 "가을과 수심이 일체로 결합하고 있다. 비추의식이 깊어지고 있으며 그 청각 의상의 표현 방식이 진일보하고 있다"10)라고 평하였다.

중국 역사에서 국경개척은 늘 백성들의 인생을 저당잡고 있었다. 특히 한대에는 북방개척에 열을 올려 변경 들녘에 셀 수도 없는 백성들의 백골이 널리게 되었다. 그렇지만 위정자들은 그들의 아픔을 헤아리지 않고 '오천 명이 죽고 육천 명을 죽이면 승전고를 울리는' 알 수 없는 전쟁놀음을 계속하였다. 창자 속에 수레바퀴가 굴러가는 것 같은 아픔을 느끼지만 시대의 족쇄는 무겁기만 하고 오직 함께 가고 있는 이들의 머리카락이 백발로 변해 가고 있을 뿐이었다.

---

10) 王立 著, 『文人審美心態與中國文學十大主題』(沈陽遼海出版社, 2002), 251쪽.

## 고팔변가古八變歌

| 초가을에 찬바람이 이르러 | 北風初秋至<br>북 풍 초 추 지 |
|---|---|
| 내가 있는 장화대로 불어오네. | 吹我章華臺<br>취 아 장 화 대 |
| 뜬구름은 저녁 색이 짙은데 | 浮雲多暮色<br>부 운 다 모 색 |
| 엄자산으로부터 오는 것 같네. | 似從崦嵫來<br>사 종 엄 자 래 |
| 마른 뽕나무는 숲 속에서 울고 | 枯桑鳴中林<br>고 상 명 중 림 |
| 귀뚜라미는 빈 섬돌을 울리네. | 絡緯響空階<br>낙 위 향 공 계 |
| 펄펄 쑥대가 날리니 | 翩翩飛蓬征<br>편 편 비 봉 정 |
| 나그네의 마음이 슬프네. | 愴愴遊子懷<br>창 창 유 자 회 |
| 고향은 보이지 않네, | 故鄉不可見<br>고 향 불 가 견 |
| 오래 보고자 여기로 돌아왔건만. | 長望始此回<br>장 망 시 차 회 |

나그네가 고향을 그리워하는 마음을 가을 정경에 기탁하여 비추
감성을 보여 주고 있다. 전체 10구 중 7구가 거의 가을 이미지에 대
한 묘사이고, 나머지 3구만이 나그네의 사향심이라는 서정으로 나타
나고 있다. 작품의 서두 또한 '초가을에 찬바람이 일어'라는 가을 정
경의 표현으로 곧장 시 전체를 침울한 분위기로 이끌고 있어서, 가

을 정경이 작품의 전체적인 분위기를 슬픔으로 인도하는 주도적 역할을 하고 있다. 섬돌에서 공허하게 울고 있는 귀뚜라미, 음울한 저녁 구름, 마른 뽕나무의 울음소리 등, 그 외의 경물들도 우울한 이미지를 더한다. 낙위絡緯는 귀뚜라미를 부르는 말로 그 울음소리가 베 짜는 소리와 유사한 데서 붙여진 이름이다. 고대시가에 나타나고 있는 귀뚜라미의 이름은 참으로 많은데, 이와 유사한 이미지로 베 짜는 아가씨라는 의미의 방직낭紡織娘이라는 이름도 가지고 있다.

가을이 깊어 가는 만큼 나그네의 고향 그리는 정도 더욱 절실해 간다. 그리하여 조금이라도 고향을 더 볼 수 있지 않을까 해서 높은 곳으로 올라가 보기도 하고 고향 쪽으로 이동해 보기도 하지만, 고향은 보이지 않고 마른 뽕나무가 울고 찬바람에 쑥대가 날리는 것을 볼 뿐이다. 항우의 군사들이 사방에서 들려오는 초나라 노랫소리를 듣고 궤멸된 것은 고향에 대한 병사들의 그리움 때문이었다. 삶의 절실한 것들을 상실한 대가로 한대의 백성들은 무엇을 얻었을까?

## 3. 세기말적 감성: 「고시십구수」

　「고시십구수」의 명칭과 창작연대에 대해서는 여러 가지로 논란이 있지만 일반적으로 후한 말기 무명의 지식인들에 의해 지어진 것으로 본다. 그 시기는 대개 안제安帝, 순제順帝, 환제桓帝, 영제靈帝 시기로, 당시는 부패한 정치와 빈발하는 전쟁, 그리고 이어지는 자연재해로 인해 백성들의 삶이 그야말로 피폐한 상황이었다. 그러나 그 시기에 탄생한 「고시십구수」라는 문학작품만은 고전시가의 발달사라는 측면에서 매우 중요한 지점을 차지한다. 그 내용과 형식에 있어서 모두 이전 시기의 결산이요 이후 시기의 출발점이 되고 있기 때문이다.

　다양한 모습으로 창작되던 한대의 시가가 「고시십구수」에 이르러 5언시 형식으로 정착되는 모습을 보이는데, 이는 북방 계열의 2언 짝수 리듬과 남방 계열의 3언 홀수 리듬을 동시에 포괄하는 새로운 형식이었다. 또한 백성들의 작품에 나타나고 있던 현실적인 아픔들과 지배층이 숙고하던 형이상학적 문제들이 문학적 미학의 양상으로 함께 수용되면서 「고시십구수」는 내용 면에 있어서도 이후 고전시가의 새로운 지평을 열게 되었다. 시어들 또한 대개 소박하면서도 강한 호소력을 지니고 있어서 당시의 어지러운 세태 속에서 백성들이 어떠한 감성의 결을 지니고 살았는지 살펴보기에 적절하다. 그 중 가을 이미지가 드러나고 있는 세 작품을 살펴보고자 한다.

### 고시십구수古詩十九首 중 제7수

| | |
|---|---|
| 밝은 달이 밤을 밝히는데 | 明月皎夜光<br>명 월 교 야 광 |
| 귀뚜라미가 동쪽 벽에서 울고 있네. | 促織鳴東壁<br>촉 직 명 동 벽 |
| 옥형성은 한밤을 가리키는데11) | 玉衡指孟冬<br>옥 형 지 맹 동 |
| 뭇별들은 어찌 그리도 뚜렷한지. | 衆星何歷歷<br>중 성 하 역 력 |
| 맑은 이슬이 들풀을 적시니 | 白露霑野草<br>백 로 점 야 초 |
| 계절은 홀연 다시 바뀌었구나. | 時節忽復易<br>시 절 홀 부 역 |
| 가을 매미는 나무 사이에서 우는데 | 秋蟬鳴樹間<br>추 선 명 수 간 |

---

11) 指孟冬: 지구가 태양을 공전하므로, 매일 일정한 시간에 북두칠성을 바라보면 매달 방위가 30도씩 바뀌다가 한 해에 한 바퀴 돌게 된다. 그래서 한대 사람은 정해진 시간에 북두칠성이 있는 자리를 관찰하여 계절의 추이를 알았다. 李善은 『文選注』에서 귀뚜라미와 가을 매미를 말하면서 다시 맹동이라 말하여 계절에 대한 묘사가 모순된 걸 보고, 夏曆의 맹동이 아닌 漢曆의 맹동(음력 7월)이라고 하였다. 金克木은 고대인들이 북두칠성으로 항성의 방위를 관찰했을 뿐만 아니라 시간도 관측했다는 점에 주목하여, 이를 계절이 아닌 시간의 표시로 보았다. 즉 북두칠성의 자루가 한밤에 서쪽을 가리키는데 지금은 북방을 가리키므로 시간이 이미 한밤을 넘은 것이 된다."(서성 역주,『兩漢 詩集』, 보고사, 2007, 310쪽) 본고는 김극목의 설을 따랐다.

| 제비는 어디를 향해 날아가는가? | 玄鳥逝安適<br>현 조 서 안 적 |
| 지난날 나와 함께 공부했던 벗들은 | 昔我同門友<br>석 아 동 문 우 |
| 높이 올라 날개를 떨치는구나. | 高擧振六翮<br>고 거 진 육 핵 |
| 함께했던 좋은 추억들 기억 못하는지 | 不念携手好<br>불 념 휴 수 호 |
| 지나간 발자국인 양 나를 버리네. | 棄我如遺跡<br>기 아 여 유 적 |
| 남에는 기성이 있고 북에는 두성이 있으나 | 南箕北有斗<br>남 기 북 유 두 |
| 견우성도 수레를 끌지 못하네. | 牽牛不負軛<br>견 우 불 부 액 |
| 진실로 반석 같은 견고함 없으니 | 良無盤石固<br>양 무 반 석 고 |
| 헛된 이름이 무슨 도움이겠는가? | 虛名復何益<br>허 명 부 하 익 |

이 작품은 쓸쓸한 가을을 배경으로 친구에 대한 배신감을 계절의 변화, 하늘의 별자리 등과 연계하여 인생에 대한 허무감으로 풀어내고 있다. 즉 지난날 동고동락하던 벗들이 이제는 모두 출세하여 높은 자리를 차지하고 있지만 누구 한 사람 자신을 돌아봐 주지 않는 무정한 세태를 원망한다. 함께 공부했던 친구들이 공정한 경쟁에 의해 출세하였다면 크게 억울할 것도 없을 터이지만, 권세가들이 권력을 농단하는 시대를 살면서 불공평하게 자신만 낙오되었다고 생각한다면 그 허무감은 더욱 견디기 어려웠을 것이다. 그러한 탄식의

시간적 배경으로 가을이 등장하고 있다. 1, 2구의 달빛이 비치는 밤과 벽에서 울고 있는 귀뚜라미는 시인의 침울한 정서를 드러내기 위해 선택된 가을 경물로 읽힌다. 그 외에 매미, 이슬, 들풀, 날아가는 제비 등도 모두 가을을 대표하는 경물이다. 특히 5, 6구의 "맑은 이슬이 들풀을 적시니, 계절은 어느새 홀연히 바뀌었네"에는 쇠락해 가는 자연의 모습을 보면서 자신의 삶도 그와 같이 사라져 갈 것이라는 안타까움이 깃들어 있다. 7구의 가을 매미(秋蟬) 또한 곧 다가올 죽음을 암시하면서 인생의 비애를 호소하는 처연한 이미지를 지니고 있다. 가을은 여름 내내 왕성하게 울던 매미가 사망하는 계절이기도 하기에, 그러한 이미지를 통해 인생의 무상함과 자신의 불우로 인한 슬픔을 함께 드러내고자 하였다.

후반부에서는 『시경』 시를 인용해 인정에 메마른 세태를 고발하고 있다.[12] 즉 "견우성도 수레를 끌지 못하네"라는 구절에서, 견우성은 친구를, 수레는 자신을 암시하며 자신을 돌아봐 주지 않는 친구에 대한 섭섭함을 드러내고 있는데, 친구가 자신을 버리기를 유적遺跡처럼 하였다고 말해 그 배신감을 강조한다. 남겨진 발자국은 딛

---

12) 『詩經』, 「小雅·大東」, "반짝이는 저 견우성은 수레에 멍에하지 못하였네.……
남쪽에 기성이 있으나 쪽정이를 까불지 못하고, 북쪽에 두성이 있으나 술과 장을 뜨지 못하네."(睆彼牽牛, 不以服箱.……維南有箕, 不可以簸揚, 維北有斗, 不可以酒漿.)

고 나면 돌아볼 필요조차 없는 것으로, 이는 존재가치 자체를 무시 당했다는 표현이다. 이는 마지막 구절의 허명虛名이라는 단어와 함께 인간만사 부질없다는 허무감을 드러낸다. 가을 이미지에 허무의 식이 부여되고 있다.

### 고시십구수古詩十九首 중 제12수

| | |
|---|---|
| 동쪽 성은 높고도 길어 | 東城高且長<br><sub>동 성 고 차 장</sub> |
| 구불구불 서로 이어져 있네. | 逶迤自相屬<br><sub>위 이 자 상 속</sub> |
| 회오리바람 땅을 울리고 일어나니 | 迴風動地起<br><sub>회 풍 동 지 기</sub> |
| 가을 풀은 시들어 푸름을 그쳤네. | 秋草萋已綠<br><sub>추 초 처 이 록</sub> |
| 사계절은 또다시 바뀌겠지만 | 四時更變化<br><sub>사 시 갱 변 화</sub> |
| 세모는 하나같이 어찌 그리 빠른지! | 歲暮一何速<br><sub>세 모 일 하 속</sub> |
| 새벽바람은 괴로운 심사를 품게 하고 | 晨風懷苦心<br><sub>신 풍 회 고 심</sub> |
| 귀뚜라미는 안타까움으로 슬프게 하네. | 蟋蟀傷局促<br><sub>실 솔 상 국 촉</sub> |
| 번민을 털어 내고 마음껏 즐길지니 | 蕩滌放情志<br><sub>탕 척 방 정 지</sub> |
| 어찌 스스로를 속박하는가? | 何爲自結束<br><sub>하 위 자 결 속</sub> |
| 낙양 땅엔 미인도 많다더니 | 燕趙多佳人<br><sub>연 조 다 가 인</sub> |

아름다운 얼굴이 마치 옥과 같네.  　美者顔如玉
　　　　　　　　　　　　　　　　미 자 안 여 옥

몸에는 비단옷을 입고  　　　　　被服羅裳衣
　　　　　　　　　　　　　　　　피 복 라 상 의

창문을 마주해 맑은 곡을 연주하네.  當戶理淸曲
　　　　　　　　　　　　　　　　당 호 리 청 곡

음향은 어찌 그리 슬픈지  　　　音響一何悲
　　　　　　　　　　　　　　　　음 향 일 하 비

가락이 급해지니 기러기발 촉급함을 알겠네.  絃急知柱促
　　　　　　　　　　　　　　　　현 급 지 주 촉

내닫는 감정에 옷깃을 고치고  　馳情整中帶
　　　　　　　　　　　　　　　　치 정 정 중 대

나직이 읊조리며 잠시 머뭇거리네.  沉吟聊躑躅
　　　　　　　　　　　　　　　　침 음 료 척 촉

생각건대 한 쌍의 제비처럼 날아  思爲雙飛燕
　　　　　　　　　　　　　　　　사 위 쌍 비 연

진흙 물어 그대 집에 깃들고 싶네.  銜泥巢君屋
　　　　　　　　　　　　　　　　함 니 소 군 옥

계절의 가을과 세월의 무상함을 연결시키면서 인생의 허무감을
향락으로 보상받고 싶은 마음을 토로하였다. 이 작품은 학자에 따라
두 작품으로 나누어 보기도 하지만 일운도저一韻到底의 운으로 보아
한 작품으로 파악한다. 당시의 현실은 덕을 세우고, 공을 세우고, 학
문을 세워 영원히 이름을 남길 만한 이상을 실현할 수 있는 세상이
되어 주질 못했다.

1, 2구에서는 높고도 길게 구불구불 이어지는 성벽이 등장하여
고독하고 답답한 시인의 심경을 드러내었다. 3, 4구에서는 회오리바

람이 어지럽게 땅을 휘감고 솟구치는 중에 무성하던 풀들이 시들어
가는 모습을 통해 혼란의 시대에 이리저리 쏠리며 부대끼는 힘없는
백성들의 모습을 투영하였다. 이어지는 구절들에서는 자신을 구속
하고 있는 모든 현실적 속박을 던져 버리고 차라리 쾌락을 좇고 싶
은 마음을 드러내었다. 자신의 기개도 자긍심도 지킬 수 없는 현실
이라면 차라리 아름다운 여인과의 생활을 통해 삶에 대한 최소한의
보상을 얻고 싶다는 희망의 피력이다. 그리하여 낙양 땅 미인들의
음악소리에 마음을 맡겨 두고 차라리 한 쌍의 제비가 되어 그대 집
처마에 둥지를 틀고 싶다는 소망을 내비친다. "제비는 짝이 함께 날
아다니는 것으로 인해 애정의 상징이 되었다. 때문에 나그넷길의 사
인들이 아내를 그리거나 실의한 문인들이 짝을 찾을 때는 한 쌍의
제비를 빌려서 자신의 서정을 표현하곤 했다."13) 시인은 미래에 대
한 기대와 희망보다 차라리 현실의 안락을 선택하고자 한다.

　「고시십구수」 중에는 이러한 경향을 내보이고 있는 시들이 많은
데, 이는 당시의 사회상 때문인 것으로 파악한다. 그리하여 "「고시
십구수」의 비추상춘悲秋傷春 주제는 인생의 짧음을 아쉬워하고 급시
행락하려는 사회풍조 속에서 생사의 문제와 그리움의 감정이 경물

---

13) 王玉娥, 「淺析古典詩詞中意象的相通性」, 『太原城市職業技術學院學報』 總第112期(2010),
　　207쪽.

과 유기적으로 연결되어 천고의 절창이 되고 있다"14)라는 평가를
받는다. 이러한 작품들은 굴원과 송옥 이래 비추문학의 전통을 위진
시기의 문인들에게 연결해 주는 가교로서의 역할을 충실히 수행하
고 있다.

### 고시십구수古詩十九首 중 제13수

| | |
|---|---|
| 수레 몰고 동문에 올라 | 驅車上東門<br>구 거 상 동 문 |
| 멀리 북망산 무덤을 바라보네. | 遙望郭北墓<br>요 망 곽 북 묘 |
| 백양나무는 어찌 그리 스산하고 | 白楊何蕭蕭<br>백 양 하 소 소 |
| 소나무 잣나무 큰 길을 끼고 있네. | 松柏夾廣路<br>송 백 협 광 로 |
| 땅속에는 오래 전에 죽은 사람이 | 下有陳死人<br>하 유 진 사 인 |
| 어둡고 어두운 긴 밤을 맞고 있으리. | 杳杳即長暮<br>묘 묘 즉 장 모 |
| 황천 아래에서 깊이 잠들면 | 潛寐黃泉下<br>잠 매 황 천 하 |
| 천년이 되어도 영원히 깨지 않으리. | 千載永不寤<br>천 재 영 불 오 |
| 끝없이 음양은 순환하는데 | 浩浩陰陽移<br>호 호 음 양 이 |

---

14) 黃文熙, 「從"男女相思, 悲秋傷春"說起—論『古詩十九首』對『詩』『騷』主題的因革」, 文藝
理論(2011.01), 28쪽.

| | |
|---|---|
| 목숨만 아침 이슬 같구나. | 年命如朝露<br>연 명 여 조 로 |
| 인생은 잠시 기탁하는 것이니 | 人生忽如寄<br>인 생 홀 여 기 |
| 수명이 금석처럼 견고하지 못하리. | 壽無金石固<br>수 무 금 석 고 |
| 영원히 서로 차례대로 보내니 | 萬歲更相送<br>만 세 갱 상 송 |
| 성현도 능히 헤아리지 못하누나. | 賢聖莫能度<br>현 성 막 능 탁 |
| 단약을 먹고 신선을 구하여도 | 服食求神仙<br>복 식 구 신 선 |
| 대개 약 때문에 잘못되고 만다네. | 多爲藥所誤<br>다 위 약 소 오 |
| 차라리 맛 좋은 술을 마시고 | 不如飮美酒<br>불 여 음 미 주 |
| 좋은 비단옷 입는 것만 같지 못하리. | 被服紈與素<br>피 복 환 여 소 |

공동묘지가 있는 북망산을 둘러보고 삶의 덧없음을 깨닫는 내용이다. "수레 몰고 동문에 올라"라는 첫 구절을 통해 시인이 최소한 수레를 탈 수 있는 계층임을 알 수 있어 불우한 사인 계층의 작품으로 추측한다. 환관과 외척들의 발호로 인해 이상을 상실한 불우한 화자는 늘어선 크고 작은 무덤들을 바라보면서 착잡한 심정으로 죽음에 대해 사색한다. 음양의 변화는 끝없이 순환하지만 인간의 운명은 잠시 나타났다 사라지는 아침 이슬처럼 허무하기 짝이 없다. 이는 성현이라 해도 알 수 없고 신선을 추구한다 해도 해결할 수 없는

영원한 난제이다. 불로장생을 추구하는 노력들은 오히려 목숨을 더욱 단축시킬 뿐이니 차라리 좋은 술과 비단옷으로 지금을 즐기는 것이 낫지 않겠느냐는 결론에 도달한다. 그렇지만 그 결론 또한 어쩔 수 없는 선택이기에 갑갑한 마음은 좀처럼 풀리지 않는다. 이처럼 울적한 감성의 배경을 가을이라고 판단하는 것은 제3구의 "백양나무는 어찌 그리 스산하고"의 구절 때문이다. 훗날 도연명은 "백양나무 저리도 쓸쓸한, 무서리 내리는 구월중에"(白楊亦蕭蕭, 嚴霜九月中) 자신의 장례 치르는 모습을 묘사한 시를 짓게 되는데, 그 시의 연원이 바로 이 작품이라고 판단된다.

　시인들은 대개 죽음의 그림자를 가을 이미지에서 찾았다. 서양의 시인 보들레르 또한 가을에 대한 상념을 노래하는 시에서, 옆집 마당에서 겨울 난로에 쓸 장작 부리는 소리를 듣고 '사형대가 세워지는 소리, 성탑이 무너지는 소리, 관 뚜껑에 못이 박히는 소리'를 연상해 내며 가을과 죽음을 연결하였다. 이처럼 가을은 인간에게 죽음을 떠올리게 하는 계절이기에 그만큼 삶의 경건함을 깨닫게 하기도 한다. 우리나라 김현승 시인의 「가을의 기도」를 보더라도 가을은 인간이 스스로의 나약함을 인정하고 신에게 겸허하게 나아가는 계절로 나타나고 있다.

　「고시십구수」 중 가을 이미지가 등장하고 있는 작품에는 출세한 친구에게 배신당한 우정, 빠르게 흐르고 있는 세월에 대한 안타까움, 누구도 대신할 수 없는 죽음에 대한 공포 등이 가을 이미지와 함께 교차되어 나타나고 있다. 인간의 힘으로 해결할 수 없는 난제와 난세 등으로 인해 인생의 돌파구를 찾지 못한 시인들의 상념과 체념이 얽히면서 감각적인 욕망만이라도 충족하려는 마음이 드러나고 있다. 이러한 경향은 왕조 말기의 혼란한 시대에 처할 때면 반복적으로 나타나는 독특한 현상이 되어 세기말적 감성이라는 말로 대신하게 되었다.

한대 비추감성의 특징은 다음과 같이 요약할 수 있다.

첫째, 한대의 작품에서는 가을 정경의 묘사가 작가의 서정을 드러내는 데 있어서 선진시기보다 더욱 긴밀한 역할을 하고 있다. 「추풍사」, 「임지가」, 「원시」, 「서호」, 「고가」, 「고팔변가」, 「고시십구수」 중 제7수 등은 모두 가을 정경의 묘사로부터 서두가 시작되고 있는데, 이로 인해 작품의 전체적인 분위기가 곧장 침울해지고 있다. 그 주제 또한 자연의 질서 속에서 인간의 한계를 인식하는 데서 오는 형이상학적인 비애와 함께 현실에서 부딪치는 각종 고난 등이 비추에 기탁되고 있어서 이후 비추문학의 주요 주제들이 선명하게 부각되고 있다.

둘째, 한대에는 사계절을 인간의 정서인 희로애락과 직접 대응시켜 사유하는 모습이 사상사에 나타나고 있다. 그때 가을은 분노(怒)의 감정과 대응하고 겨울이 슬픔(哀)과 대응한다. 그리하여 작품 중에는 비감을 드러내고자 할 때에 겨울 정경을 이용하고 있는 경우가 많으며15) 또한 봄과 슬픔을 결합한 상춘傷春의 이미지가 나타나는 경우도 있다.16) 그리하여 가을과 슬픔이 대대적으로 대응하고 있는 국면은 아니지만 자연의 계절을 인간의 감성으로 환치해서 받아들이는 사유는 비추감성 형성의 기저가 되어 주었고 또한 가을을 노래하고 있는 시인들은 송옥 이후 형성된 비추감성의 전통을 분명히 인지하고 있는 모습을 보인다. 그리하여 곽효정은 "양한에서 건안에 이르는 시기의 비추는 가장 침통한 분위기를 드러낸다. 그 안에는 나그네의 고향생각, 생사의 이별, 인간에 대한 그리움, 회재불우懷才不遇, 세월의 흐름 등 모든 주제가 다 드러나고 있으며, 이 시기 비추문학의 특징은 완정한 조화와 깊고 순후한 정이다"17)라고 표현하였다. 그리하여 한대문학에서의 비추감성은 위진남북조시기 비추

---

15) 「古詩十九首」 중 제16수 "凜凜歲云暮, 螻蛄夕鳴悲, 涼風率已厲, 遊子寒無衣", 「古詩十九首」 중 제17수 "孟冬寒氣至, 北風何慘慄. 愁多知野長, 仰觀衆星列", 蘇武의 「詩四首」 중 "寒冬十二月, 晨起踐嚴霜", 張衡의 「四愁詩」 중 "我所思兮在雁門, 欲往從之雪紛紛", 蔡琰의 「悲憤詩」 중 "處所多霜雪, 胡風春夏起" 등.
16) 「古詩十九首」 중 제2수, "靑靑河畔草, 鬱鬱園中柳,……蕩子行不歸, 空床獨難守."
17) 郭曉婷, 「唐前傷春悲秋詩歌硏究」(靑島大學碩士學位論文, 2006), 35쪽.

가 보편적인 사회적 감성으로 발전해 가는 데 있어서 그 기본적인
역할을 충실히 수행하였다.

# 제4장 비추감성의 사회화 : 위진남북조

위진남북조시기는 후한이 멸망하던 해(220)로부터 수나라에 의해 남북이 통일(589)되기까지 약 370년의 기간을 말한다. 이 시기는 극심한 혼란 속에서 힘의 논리에 의한 정권교체가 빈번하게 발생하여 사회 전반에 걸쳐 지각변동이 격하게 이루어졌다. 당시의 지식인들은 자신의 지조를 지키기 위해 생명을 담보하거나 목숨을 부지하기 위해 권력에 줄을 서야 할 판국이었다. 그러한 난세 속에서 지식인들은 자신의 마음을 안정시킬 수 있는 새로운 사상에 눈을 돌리게 되는데, 바로 현학玄學이었다. 현학의 주요 논제 중 하나는 언어(言)와 형상(象)과 의미(意)의 관계를 탐색하는 것이었으며, 이 형상(象)은 문학에 있어서의 이미지(象)와 같은 입장이었다.

> 무릇 상象이란 뜻을 나타내는 것이다. 말이란 상을 밝히는 것이다. 뜻을 나타내는 것으로는 상만한 것이 없고, 상을 밝히는 것으로는 말만한 것이 없다. 말은 상에서 생기므로 말을 탐색하면 상을 볼 수 있고, 상은 뜻에서 생기므로 상을 탐색하면 뜻을 볼 수 있다. 뜻은 상으로 나타나고, 상은 말로 드러난다. 그러므로 말은 상을 드러내는 데 있으니, 상을 얻으면 말을 잊어야 한다. 상은 뜻을 얻는 데 있으니, 뜻을 얻으면 상을 잊어야 한다.[1]

---

1) 『周易略例』, 「明象」, 635쪽, "夫象者, 出意者也. 言者, 明象者也. 盡意莫若象, 盡象莫若言. 言生於象, 故可尋言以觀象, 象生於意, 故可尋象以觀意. 意以象盡, 象以言著. 故

말만 가지고는 뜻을 분명하게 밝히기 어렵기 때문에 중간에 상이라는 과정을 두어 뜻을 명확하게 밝힌다는 설명이다. 이러한 현학 논제의 유행과 함께 문학작품에 있어서도 많은 이미지들이 등장하였다. 즉 성인이 자신의 뜻을 더욱 쉽게 밝히기 위하여 상을 사용했던 것처럼 작가는 작품 속에서 자신의 뜻을 선명하게 드러내기 위하여 어떤 상징성을 가진 이미지들을 대거 사용하게 된 것이다. 그렇다면 이 시기의 문학작품에 등장하고 있는 가을 이미지는 어떠한 의미를 지니고 있는 것일까?

당시와 같은 난세에서는 지식인들이 자신의 감정을 자유롭게 표출할 수 있는 상황이 허락되지 않았다. 자칫 한마디의 말이나 글이 자신의 목숨을 앗아갈 뿐 아니라 멸문의 화를 불러올 수도 있는 험악한 상황이었기 때문에,[2] 작가들은 되도록이면 자신의 심중을 헤아리지 못하도록 지극히 애매한 표현을 쓰거나 어떤 이미지를 통해 뜻을 전달하는 방식을 추구하였다. 그때 가을 이미지는 작가의 분노나 슬픔을 대변해 주는 중요한 문학적 요소가 되어 주었다.

---

言者, 所以明象, 得象以忘言, 象者, 所以存意, 得意而望象."(王弼 注, 임채우 옮김, 『周易』, 도서출판 길, 2010)

2) 『晉書』(『二十五史』), 「阮籍傳」, 907쪽, "鍾會라는 인물은 阮籍에게 자주 時事를 물었는데, 그 可否로 인하여 죄를 엮고자 함이었다."(鍾會數以時事問之, 欲因其可否而致之罪.)

일찍부터 중국에서는 "치세의 음은 편안하고 즐거운데 그 정치가 온화하기 때문이요, 난세의 음은 원망하고 분노하는데 그 정치가 어그러졌기 때문이다. 망국의 음은 슬픔과 그리움이 가득한데 그 백성이 곤경에 처해 있기 때문이다"[3]라고 하면서 정치와 음악과의 관계성을 간파하였다. 이는 문학에도 해당하여 난세인 위진남북조시기의 작품에는 분노와 원망, 슬픔이 주도적인 감성으로 드러나면서, 가을 이미지는 그들의 비감을 드러내는 최적의 요건이 되었던 것이다.

　　그리하여 위진남북조시기에 비추는 당당한 사회적 감성으로 그 문화적 상징성을 확보해 가게 되는데, 당시의 대표적인 작가로는 완적, 도연명, 유신이 있다. 이들은 각각 위진남북조시기의 초기, 중기, 후기를 살면서 자신의 처지와 개성을 가을 정경과 깊이 융화해 내었다. 이 세 작가의 비추 이미지 표현은 나름의 차이가 있는데, 완적이 비에 치우친 격앙된 감정을 서사적인 형태로 쏟아 내면서 가을 이미지를 부분적으로 이용하고 있다면, 도연명은 비와 추의 균형 속에서 비교적 담담하게 자신의 마음을 담아내고 있다. 유신의 경우에는 사경인 추가 주조를 이루고 있지만 그 사경 속에 자신의 강한 비애를 겹쳐 내고 있어서 추가 곧 비라는 등가 구조를 보여 준다. 즉 유신의

---

3) 『毛詩鄭箋』, "治世之音安以樂, 其政和. 亂世之音怨以怒, 其政乖. 亡國之音, 哀以思, 其民困."

작품은 거의 사경으로 이루어져 있지만 그것을 통해 자신의 슬픔을 충분히 전달해 내고 있어서 가을이 곧 슬픔으로 인식되고 있었음을 증명한다. 때문에 유신은 송옥 이후 비추감성을 가장 잘 계승한 시인으로 평가받는다.[4]

---

4) 艾初玲, 「懷秋獨悲此, 平生何謂平—略論庾信對宋玉"悲秋"情結的繼承和發展」, 『船山學刊』 總第61期(2006 第3期), 115쪽.

# 1. 시국으로 인한 번뇌: 완적

완적阮籍(210~263)은 조씨 황실과 사마씨 세력 간의 권력 암투가 치열하게 진행되던 위진魏晉교체기의 역사적 암흑기를 살았다. 그의 부친 완우阮瑀는 문학에 뛰어난 건안칠자 중의 한 사람으로 위 황실을 섬겼다. 그런데 부친이 충의로 섬겼던 위나라 조정은 쇠퇴해 가고 권력을 찬탈하려는 사마씨 세력이 날로 번창하면서 당시의 지식인들을 포섭해 나갔다. 사마씨 세력은 자신들에게 동조하지 않는 명사들에 대해서는 어떠한 누명을 씌워서라도 제거하는 폭압을 저질렀는데, 당시 권력찬탈의 걸림돌로 지목되어 희생된 사람이 바로 완적의 절친 혜강嵇康이었다. 그 무렵 완적은 권력에 다가서지도 물러나지도 못하는 진퇴양난의 상황에서 광기와 폭음으로 나날을 보냈다.

『진서』「완적전」에 의하면 "완적은 난세를 만나 명사들 가운데 목숨을 부지하는 사람이 거의 없게 되자 세상일에 관여하지 않고 늘 술에 빠져 지냈다"[5]라고 되어 있다. 당시 그는 아마도 창작을 통해 슬픔과 분노를 삭인 듯 한숨과 체념으로 가득 찬 작품들을 남기고 있다. 특히 그가 남긴 5언 「영회시」 82수는 249년 가평정변嘉平

---

5) 『晉書』,「阮籍傳」, "天下多故, 名士少有全者, 籍由是不與世事, 遂酣飮爲常."

政變을 겪고 난 후에 쓰인 것으로 알려지고 있는데, 가평정변은 사마의司馬懿 일파가 치열한 암투 끝에 정적인 조상曹爽 일가와 그 추종세력들을 남녀노소 할 것 없이 모조리 살육하고 권력을 장악한 사건을 가리킨다.6) 위나라 명제明帝는 임종할 때 조상과 사마의 두 대신에게 어린 천자 조방曹芳을 잘 보좌해 달라는 유언을 남겼는데, 둘은 오히려 정쟁으로 일관했던 것이다.

완적의 5언 「영회시」 중 가을 이미지가 나타나고 있는 작품을 살펴본다.

**영회시詠懷詩 제1수**

| 한밤중에 잠 못 이루고 | 夜中不能寐<br>야 중 불 능 매 |
|---|---|
| 일어나 앉아 거문고를 타네. | 起坐彈鳴琴<br>기 좌 탄 명 금 |
| 얇은 휘장에는 밝은 달빛이 비치고 | 薄帷鑒明月<br>박 유 감 명 월 |
| 맑은 바람은 내 옷깃을 스치네. | 淸風吹我襟<br>청 풍 취 아 금 |
| 외로운 기러기 먼 들판에서 울고 | 孤鴻號外野<br>고 홍 호 외 야 |
| 북방의 철새는 북쪽 숲에서 우네. | 朔鳥鳴北林<br>삭 조 명 북 림 |

---

6) 『三國志魏志』, 「曹爽傳」, "誅曹爽之際, 支黨皆夷及三族, 男女無少長, 姑姉妹女子之適人者皆殺之."

배회해 본들 무엇을 볼 것인가?　　　　　　　　　　徘徊將何見
　　　　　　　　　　　　　　　　　　　　　　　　　배 회 장 하 견
근심과 그리움으로 홀로 마음 상할 뿐.　　　　　　　憂思獨傷心
　　　　　　　　　　　　　　　　　　　　　　　　　우 사 독 상 심


　이 시는 전체 「영회시」의 첫 수로, 사경 부분의 얇은 휘장에 새
어 드는 달빛, 먼 들판에서 홀로 나는 기러기, 북쪽 숲에서 울고 있
는 북방의 철새 등이 고독한 분위기를 형성하며 시인의 고뇌와 융화
하고 있다. 1, 2구와 7, 8구에서 자신의 처지와 심경을 드러내고 3,
4구와 5, 6구에서 가을 이미지를 묘사하여, 가을 정경과 시인의 수심
이 상호 호응하며 비추감성을 형성한다.
　이때 시인은 자신의 우환을 부각시키기 위해 의도적으로 이미지
를 조성하고 있다. 6구는 "북방의 철새는 북쪽 숲에서 우네"(朔鳥鳴北
林)라는 구절인데, 북방의 새가 북쪽 숲에 깃들어 있다는 것은 객관
적 사실이 될 수 없으며 다만 북쪽에 대한 삭막한 이미지를 취하기
위해 선택되었다는 느낌이 강하기 때문이다. 이 시의 시간적 배경이
되고 있는 가을 이미지 또한 자신의 우환과 허무감을 드러내기 위해
시인이 의도적으로 사용하고 있는 의상으로 판단되어 비추 이미지
에 대한 완적의 인식을 엿보게 한다.

영회시詠懷詩 제3수

| 좋은 나무 아래는 길이 생기는 법 | 嘉樹下成蹊<br><small>가 수 하 성 혜</small> |
| 동쪽 뜰의 복숭아와 오얏나무처럼.7) | 東園桃與李<br><small>동 원 도 여 리</small> |
| 가을바람 불어와 콩잎이 날리면 | 秋風吹飛藿<br><small>추 풍 취 비 곽</small> |
| 쇠락함이 이로부터 시작된다네. | 零落從此始<br><small>영 락 종 차 시</small> |
| 번화함에도 초췌함이 있는 법 | 繁華有憔悴<br><small>번 화 유 초 췌</small> |
| 집 안에도 가시잡목이 생기네. | 堂上生荊杞<br><small>당 상 생 형 기</small> |
| 말을 달려 모든 것 다 버리고 | 驅馬舍之去<br><small>구 마 사 지 거</small> |
| 서산 마루에나 오를까 | 去上西山趾<br><small>거 상 서 산 지</small> |
| 일신도 스스로 보존치 못하거늘 | 一身不自保<br><small>일 신 부 자 보</small> |
| 하물며 처자식에 연연함이랴! | 何況戀妻子<br><small>하 황 련 처 자</small> |
| 된서리가 들풀을 뒤덮었으니 | 凝霜被野草<br><small>응 상 피 야 초</small> |
| 세모가 되면 역시 다하겠지. | 歲暮亦云已<br><small>세 모 역 운 이</small> |

이 시에서 완적은 당시의 상황을 된서리가 들풀을 뒤덮고 있는

---

7) 『漢書』 「李廣傳」의 "桃李不言, 下自成蹊"에서 비롯된 것으로 좋은 과실나무가 있
으면 많은 사람들이 찾아들어 저절로 길이 새로 이루어진다는 뜻이다. 당시의
세태를 비유하고 있다.

형세라고 표현하였는데, 서리는 일찍부터 고난의 의미를 함의하고 있었다. 그것은 만물이 서리를 맞게 되면 마르고 딱딱하게 굳어가기 때문으로, 노자는 『도덕경』에서 부드러움은 생生으로 가는 도이고 딱딱함은 죽음으로 가는 도라고 역설하면서 "부드럽고 약한 것이 딱딱하고 강한 것을 이긴다"[8]라고 자주 강조하였다. 이러한 점에서 서리는 초목을 죽음으로 몰아가는 매개물이고 백성을 억압하는 사마씨 정권을 상징하는 것이었다. 그 정권에 대한 완적의 마음은 분노로 이글거렸지만 당장 자신의 생명을 지키는 일이 더욱 시급했다. 때문에 "자신의 한 몸도 보존치 못하거늘, 하물며 처자식에 연연하겠는가!"라고 탄식한 것이다. 3, 4구의 "가을바람 불어와 콩잎이 날리기 시작하면, 이로부터 쇠락함이 시작된다네"와 11구의 "된서리가 들풀을 뒤덮고" 있는 상황은 모두 생명의 위협에 대한 불안감의 표출이라 할 수 있다.

당시의 상황에 대해 완적은 "군자가 이 세상을 살아가는 일은, 이가 잠방이 속에 살며 나오지 못하다가 어느 날 갑자기 타 버리고 마는 신세와 같은 것이다"[9]라고 자조했다. 그리하여 차라리 서산으

---

8) 『老子』, 36장, "柔弱勝剛强."
9) 『阮籍集』, 「大人先生傳」, "群蝨死於褌中而不能出. 汝君子之處域內, 亦何異夫大蝨之處褌中乎? 悲夫!"

로 떠나고 싶다고 했다. 서산은 백이숙제가 은거했던 수양산을 가리키는 것으로, 그 자체만으로도 절개를 상징하는 곳이다. 모든 것을 버리고 백이숙제처럼 절개를 지키며 살 수 있기를 희망하는 마음의 표현으로 다가온다.

**영회시詠懷詩 제14수**

| | |
|---|---|
| 가을이 열려 찬 기운이 시작되니 | 開秋兆凉氣<br>개 추 조 량 기 |
| 귀뚜라미가 침상 휘장에서 우네. | 蟋蟀鳴床帷<br>실 솔 명 상 유 |
| 경물을 느끼니 큰 근심이 일어 | 感物懷殷憂<br>감 물 회 은 우 |
| 초조함으로 마음이 슬퍼지네. | 悄悄令心悲<br>초 초 영 심 비 |
| 많은 말들은 어디에 고할 것이며 | 多言焉所告<br>다 언 언 소 고 |
| 복잡한 사연인들 누구에게 호소하리? | 繁辭將訴誰<br>번 사 장 소 수 |
| 미풍이 비단 소매에 불어오고 | 微風吹羅袂<br>미 풍 취 나 메 |
| 명월이 맑은 빛을 비추네. | 明月耀淸暉<br>명 월 요 청 휘 |
| 새벽닭이 높은 나무에서 우니 | 晨鷄鳴高樹<br>신 계 명 고 수 |
| 수레를 명하여 일어나 곧 돌아가려네. | 命駕起旋歸<br>명 가 기 선 귀 |

이 시 또한 가을 정경의 묘사로 서두를 열고 있다. "가을이 열려 찬 기운이 시작된다"라는 표현은 3, 4구의 '큰 근심으로 마음이 초조하고 슬퍼진다'는 내용으로 이어져 가을과 근심, 슬픔이 연결되고 있다. 시인은 새벽닭이 울 때까지 한잠도 자지 못하고 있는데 많은 말들과 복잡한 사연을 호소할 곳이 없다는 사실이 더욱 절망스럽다. 그리하여 자신의 마음을 달래기 위해 "때로 마차를 몰고 미친 듯이 달리다가 막다른 길에 이르면 통곡을 하고 되돌아오기도 하였다."[10] 이러한 일화를 통해 폭압적인 정권이 지식인들에게 분열적 감성을 조장할 수 있다는 사실을 알게 한다. 그리하여 완적은 모든 것을 포기하고 수레를 명하여 돌아가고자 한다. 현실이 자신에게 요구하는 치욕과 굴종을 감당할 수 없을 것 같아 세상과 인연을 끊고 은둔하겠다는 뜻으로 보인다. 한나라 말기 정치적 혼란이 시작되고 난 후로 지식인들 사이에서는 은둔 풍조가 유행했다. 그러나 완적의 경우는 그 은둔조차 쉽지 않았을 것으로 보인다. 그는 이미 사마소司馬昭의 진왕 등극을 위해 「권진문勸進文」까지 써 준 전력이 있기 때문이다. 진퇴양난의 상황에 처해 새벽닭이 울 때까지 한잠도 자지 못하는 시인의 고뇌가 비추 이미지를 통해 드러나고 있다.

---

10) 『晉書』, 「阮籍傳」, "時率意獨駕, 不由徑路, 車迹所窮, 輒慟哭而反."

영회시詠懷詩 제80수

| 문을 나서서 가인을 찾아보지만 | 出門望佳人<br>출 문 망 가 인 |
| --- | --- |
| 가인이 어찌 여기에 있으랴. | 佳人豈在茲<br>가 인 기 재 자 |
| 삼산에서 신선들을 찾고 싶지만 | 三山招松喬<br>삼 산 초 송 교 |
| 만세를 누구와 함께 기대할꼬? | 萬世誰與期<br>만 세 수 여 기 |
| 생사에 길고 짧음이 있으니 | 存亡有長短<br>존 망 유 장 단 |
| 강개해한들 어찌 알겠는가? | 慷慨將焉知<br>강 개 장 언 지 |
| 순식간에 아침 해는 기울 터인데 | 忽忽朝日隤<br>홀 홀 조 일 퇴 |
| 가고 가서 장차 어디로 가야 하나? | 行行將何之<br>행 행 장 하 지 |
| 늦가을의 풀을 보지 못했는가? | 不見季秋草<br>불 견 계 추 초 |
| 꺾이고 부러지는 것이 바로 지금인 것을. | 摧折在今時<br>최 절 재 금 시 |

시인은 절친한 벗 혜강을 사형이라는 비극적 상황으로 떠나보내고 난 후 이 시를 지었다. 1, 2구의 '가인을 찾아도 없고', 3, 4구의 '신선을 찾는 일은 더욱 불가능하다'는 표현은 완적의 절망적인 신음으로 들린다. 주변인에게 닥쳐오는 죽음을 목격하면서 그에 대한 중압감에서 벗어나고자 몸부림쳐 보지만 결과는 답 없는 불가능한

일뿐이다. 7, 8구의 '해는 기울고', 9, 10구의 '지금은 늦가을의 풀들이 꺾이고 부러지는 때'라는 말들은 모두 무력한 지식인의 자괴감의 발로이다. 그리하여 시인은 참담한 기분에 휩싸인다.

죽음은 되돌릴 수 없는 사건으로, 친인을 떠나보낸 이들은 절망과 비탄에 잠긴다. 때문에 죽음은 타인에게까지도 커다란 호소력을 발휘한다. 일면식도 없는 사람의 상여 앞에서 누구라도 숙연해지는 것은 그 때문일 것이다. 타인의 죽음도 그러할진대, 절친한 벗의 비참한 죽음 앞에서 완적의 심정이 어떠했을지 헤아릴 만하다. 다음 고사는 완적과 혜강의 친밀했던 관계를 잘 보여 준다.

> 완적은 청백안靑白眼을 할 수 있었다. 예의만 차리는 세속적인 선비들이 찾아오면 백안으로 대했고, 자신과 뜻이 맞는 사람이 찾아오면 청안으로 대했다. 혜희嵇喜가 조문 오자 백안으로 대하니, 혜희는 불쾌해하며 물러갔다. 그의 동생 혜강이 그 말을 듣고 술과 금琴을 안고 찾아오니, 완적은 크게 기뻐하며 청안으로 맞았다.[11]

벗 혜강의 죽음으로 인해 완적은 삶의 방향마저 잃어버리고 아

---

11) 『晉書』, 「阮籍傳」, "籍又能爲靑白眼. 見禮俗之士, 以白眼對之. 及嵇喜來弔, 籍作白眼, 喜不懌而退. 喜弟康聞之, 乃齎酒挾琴造焉, 籍大悅, 乃見靑眼."

침 해도 순식간에 기울고 말 것이라는 절박함을 가졌다. 제3구의 송교松喬는 적송자와 왕자교를 가리키는 것으로 전설 속의 신선들이다. 신선세계라도 찾아가서 벗을 만나고 싶다는 것이다. 그러나 신선을 찾는 일 또한 불가능하다는 사실을 잘 알고 있다. 완적은 그러한 상황을 늦가을 풀들이 꺾이고 부러지는 때라고 표현하였다.

완적은 피비린내 나는 시대를 살면서 자신의 생명을 어떻게 부지해 나갈 것인가 하는 생존의 문제를 격앙된 감성으로 쏟아 놓았는데, 그러한 현실로 인한 인생의 허무감을 비추 이미지로 표현하였다. 그리하여 그의 비추에는 자신의 생명에 대한 극도의 불안과 절망감, 삶에 대한 허무 등 난세를 살아가면서 만난 총체적인 삶의 비애가 함의되어 있다. 그리하여 그의 5언 「영회시」 82수는 비추가 대중적 감성으로 확장해 가는 데 있어서 매우 중요한 역할을 하고 있다.

## 2. 국화와 죽음에 대한 사색: 도연명

　도연명陶淵明(365~427)은 정치가 극도로 혼미하던 동진 말엽에 태어나 진송晉宋교체기라는 난세를 살았다. 그의 나이 33세 때에 동진의 내란이 시작되었고, 56세 때에는 유유劉裕가 동진을 무너뜨리고 송을 건국하였다.

　일반적으로 도연명을 정치와 거리가 먼 전원시인으로 알고 있지만 그렇지 않다. 그는 조상 대대로 관직을 지내 오던 진이 멸망한 뒤로는 자신의 작품에 황제의 연호를 써 오던 것을 중단하고 그저 시기를 구분할 수 있는 갑자甲子만을 표기하였다. 이러한 그의 행위에서 새 조정을 인정하지 않겠다는 저항정신과 진에 대한 절개를 동시에 읽을 수 있다. 그리하여 당시 사람들은 그에게 정절이라는 시호를 부여하였고 후대인들은 그의 작품과 함께 그의 절개까지 더욱 사모하였다.

　도연명이 과연 어떤 사람이었는지, 또 그가 어떠한 인간상을 추구했는지를 그의 작품 「오류선생전五柳先生傳」을 통해 짐작해 본다.

　고요하고 말수가 적으며 영예나 이익을 추구하지 않았다. 독서하기를 좋아하지만 깊이 천착하여 파고들지는 않으며, 자신의 마음과 부합하는 곳이 있으면 기뻐서 먹는 것도 잊었다. 천성이 술을 좋아하지만 집이 가난하여 늘 얻을 수는 없었다. 친분 있는 이들 이 그러한 사정을 알고 혹 술을 준비하고 불러주기도 하였다.[12]

문여기인文如其人이라고, 글 속에는 글쓴이의 사람됨을 짐작해 볼 수 있는 많은 단서들이 들어 있다. 「오류선생전」에 나타난 오류선생 또한 시세에 영합하는 관리들에게 몸을 굽히기 싫어 「귀거래사歸去來 辭」를 읊으며 전원으로 돌아갔던 도연명의 모습과 여러모로 닮아 있 다. 그리하여 우리는 「오류선생전」의 오류선생이 곧 도연명 자신의 모습을 적은 것이라고 여긴다. 영예를 탐하지 않고 독서로 일상을 보내며 술을 좋아하는 모습 등이 모두 그의 일생과 흡사하기 때문이 다. 도연명은 정치적인 변화를 주시하고 있었지만 작품에는 그것으 로 인한 마음의 분노를 드러내지 않았다. 오히려 모든 것을 털어 내 고 비워서 내면의 안정을 찾는 데 노력하였다. 때문에 그의 작품은 가을 추수가 끝난 들판의 정경처럼 고요한 정서를 지니고 있다. 도 연명이 그러한 정서를 갖게 되었던 것에는 단연 술과 국화의 역할이 있었다. 그는 모든 근심을 잊게 해 준다고 하여 술을 망우물忘憂物이

---

12) 『陶淵明集』, 「五柳先生傳」, "閑靖少言, 不慕榮利. 好讀書, 不求甚解, 每有會意, 便欣然 亡食. 性嗜酒, 家貧不能常得. 親舊知其如此, 或置酒而招之."

라고 불렀으며, 국화 또한 늙음을 막아 준다고 믿었다. 그래서 「구일
한거九日閑居」에서는 "술은 백 가지 근심을 제거해 주고, 국화는 늙음
을 막아 준다네"(酒能祛百慮, 菊爲制頹齡)라고 노래하였다. 도연명의 생활
이 하도 가난하여 벗 안연지가 주막에 돈 2만 냥을 맡겨 놓고 마음
껏 술을 마시게 했다는 고사를 통해서도 그가 얼마나 술을 좋아했는
지 짐작할 수 있다. 도연명은 「음주시」 20수를 남겼는데, 그 중 가을
이미지가 나타나는 두 수를 살펴본다.

**음주飮酒 제5수**

| | |
|---|---|
| 초가 엮어 마을에 살고 있지만 | 結廬在人境<br>결 려 재 인 경 |
| 말이 끄는 수레 소리 시끄럽지 않네. | 而無車馬喧<br>이 무 거 마 훤 |
| 어찌하여 그럴 수 있는가 물으니 | 問君何能爾<br>문 군 하 능 이 |
| 마음이 멀어지면 땅은 절로 외진 곳이라고. | 心遠地自偏<br>심 원 지 자 편 |
| 동쪽 울타리 밑에서 국화를 따다가 | 採菊東籬下<br>채 국 동 리 하 |
| 문득 남산을 바라보네. | 悠然見南山<br>유 연 견 남 산 |
| 산기운 저녁나절이라 좋은데 | 山氣日夕佳<br>산 기 일 석 가 |
| 나는 새들은 짝을 지어 돌아가네. | 飛鳥相與還<br>비 조 상 여 환 |

이 가운데 참된 뜻 있어서          此中有眞意
                                         차 중 유 진 의

말하려 하나 이미 말을 잊었네.       欲辯已忘言
                                         욕 변 이 망 언

도연명을 은일시인이라고 부르지만 그는 산속이 아닌 저잣거리에 사는 시은市隱의 모습이었다. 그의 중년 이후는 정치 불안이 격화되고 있었지만 그는 집 동쪽 울타리 아래에 국화를 가꾸며 홀로 인생의 의미를 찾고자 하였다. 찬바람이 불어올 때쯤 노란빛을 토해내며 고고한 자태를 뽐내는 국화는 도연명을 은일의 군자로 자리매김하게 했다. 그러자 그 은일의 군자인 도연명 또한 국화를 오상고절傲霜孤節의 절개를 표상하는 시가의상으로 우뚝 서게 하였다.

이 시의 5, 6구를 보자. 석양 무렵 울타리 아래에서 국화를 따다가 허리를 펴자 문득 눈 안으로 들어오는 남산, 그때 짝을 지어 둥지로 돌아가는 새들을 보며 시인은 오묘한 이치를 깨우친다. 스쳐 가는 이치는 생과 사에 대한 깨달음이었다. 다른 작품들에서도 도연명은 자신이 새처럼 날아서 죽은 후에는 남산으로 돌아가 영원히 자연과 하나가 될 것이라는 생각을 뚜렷이 드러내고 있다. 그의 「잡시」 제7수에는 "집이란 나그네를 맞이하는 여관/ 나 또한 마땅히 떠나야 할 나그네/ 가고 가면 어디로 갈 것인가/ 남산에 오래된 집이 있다네"라는 구절이 나온다. 이때 남산의 오래된 집이란 바로 자신이 죽어 묻힐 무덤을 말하는 것으로, 여산에 있는 도씨 집안의 선산을 가리키는 것으로 보인다.[13] 그렇지만 시인은 그 오묘한 이치를 끝내 말하지 않고 드러내지 않은 채 작품을 마무리한다. 그래서 이 구절을 두고 정경일체, 망아의 경지로 해석하는 경우가 일반적이다. 그러나 도연명은 생사의 문제를 늘 염두에 두었고, 그 문제를 동일선상에서 사고하던 시인이었다. "그의 작품 134편 가운데 죽음에 대한 불안과 두려움을 다룬 작품은 34편으로 전체의 사분의 일을 넘고 있다. 뿐만 아니라 작품을 자세히 들여다보면 늘 죽음이 뇌리를 떠나지 않고 있어서, 편마다 죽음이 들어 있다고 볼 수도 있다."[14] 따라서 이 시의 저변에도 죽음에 대한 생각이 깔려 있다고 생각된다.

음주飮酒 제7수

| | |
|---|---|
| 아름다운 빛깔의 가을 국화 | 秋菊有佳色<br>추 국 유 가 색 |
| 이슬에 젖은 그 꽃잎을 따네. | 裛露掇其英<br>읍 로 철 기 영 |
| 근심을 잊게 하는 술에 그 꽃잎을 띄우니 | 汎此忘憂物<br>범 차 망 우 물 |
| 속세의 정이 더욱 멀어지네. | 遠我遺世情<br>원 아 유 세 정 |

---

13) 溫洪隆 注譯, 『陶淵明集』(臺北: 三民書局, 2008), 237쪽.
14) 양회석, 「陶淵明 〈形影神〉 小考」, 『中國文學』 第63輯(2010), 23쪽.

「음주시」 제7수 중의 일부이다. 시인은 이슬에 젖은 국화 꽃잎을 따 홀로 술잔에 띄워 마시고 있다. 그가 술을 마시는 이유는 술이 잠시나마 근심을 잊게 해 주는 망우물忘憂物이기 때문이다. 시인의 삶에서 근심은 떠나지 않고 늘 붙어 다녔다. 그러한 근심에서 잠시라도 벗어나고 싶어서 시인은 그토록 음주를 좋아하였다. 도연명을 대은大隱이라 높여 부르는 것은 그가 어디에 살았든 속세와 일정한 마음의 거리를 두고 있었기 때문이며, 그 거리를 유지할 수 있었던 것은 단연코 술과 국화가 있었기 때문이었던 것이다.

이슬에 젖은 국화 꽃잎을 띄워 마시는 도연명의 술은 예전의 조조曹操가 「단가행短歌行」에서 "술잔 들고 노래하세/ 인생이 얼마이런가/ 비유하자면 아침이슬 같은데/ 지나가 버린 날들이 너무나 많구나/ 격정으로 강개하니/ 근심걱정 잊기 어렵네/ 무엇으로 근심을 풀 것인가/ 오직 술이 있을 뿐"[15]이라고 했을 때의 술과는 사뭇 느낌이 다르다. 단지 국화 꽃잎 몇 개 따서 띄웠을 뿐인데 도연명의 술은 속세와 멀어지게 하는 힘을 갖게 한다.

도연명은 가난 때문에 술마저도 얻기 힘들어 그저 국화 꽃잎을 따 먹으며 마음속 감회를 글로 적으면서 허정한 일상을 보내기 일쑤

---

15) 曹操, 「短歌行」, "對酒當歌, 人生幾何? 譬如朝露, 去日苦多. 慨當以慷, 憂思難忘. 何以解憂, 唯有杜康."

였노라고 「구일한거」 서문에서 밝히고 있다. 그렇기 때문에 시인에게는 국화 꽃잎이 영롱한 가인의 모습으로 비친다. 그 가인은 울타리 아래에서 피어나면 집안을 밝혀 주고, 산속에서 피어나면 온 산을 밝혀 주었다.

### 화곽주부和郭主簿 제2수

| | |
|---|---|
| 춘삼월은 온화함이 두루 하지만 | 和澤周三春<br>화 택 주 삼 춘 |
| 가을은 본래 청량하다네. | 淸凉素秋節<br>청 량 소 추 절 |
| 이슬 맺히니 떠다니는 먼지 없고 | 露凝無游氛<br>노 응 무 유 분 |
| 하늘 높아 풍경은 깨끗하네. | 天高風景澈<br>천 고 풍 경 철 |
| 산마루 빼어나고 봉우리도 우뚝 | 陵岑聳逸峰<br>능 잠 용 일 봉 |
| 멀리 보이는 모든 것이 절경이네. | 遙瞻皆奇絶<br>요 첨 개 기 절 |
| 향기로운 국화 피어 숲을 환히 비추고 | 芳菊開林耀<br>방 국 개 림 요 |
| 푸른 소나무 우뚝 바위 위에 늘어 있네. | 靑松冠巖列<br>청 송 관 암 렬 |
| 이처럼 곧고 빼어난 자태를 품고 | 懷此貞秀姿<br>회 차 정 수 자 |
| 우뚝 솟으니 서리 속 걸작이네. | 卓爲霜下傑<br>탁 위 상 하 걸 |
| 술잔을 입에 대고 은사를 생각하며 | 銜觴念幽人<br>함 상 염 유 인 |

영원히 그들로 법칙을 삼고자 하네.　　千載撫爾訣
　　　　　　　　　　　　　　　　천 재 무 이 결

본래의 뜻 펼치지는 못했지만　　　　檢素不獲展
　　　　　　　　　　　　　　　　검 소 불 획 전

그런대로 좋은 세월 마치려 하네.　　厭厭竟良月
　　　　　　　　　　　　　　　　염 염 경 양 월


　이 시에는 도연명의 인생관이 스며 있다. 현실에서 비록 자신의
이상을 실현할 수는 없지만 은자의 모습을 본받아 국화와 소나무를
사랑한다면 그런대로 좋은 시절 보냈노라 위로하며 세월을 마칠 수
있을 것이라고 생각한다. 1, 2구에서 시인은 만물을 생장시키는 봄
도 좋지만 청량한 가을이 더욱 사랑스럽다고 고백한다. 푸른 가을
날, 자태를 뽐내는 국화와 소나무를 감상하면서 절로 마음의 평안을
얻었다. 도연명의 이러한 일상은 아이러니하게도 늘 죽음을 염두에
두고 살았기 때문에 가능한 것이었다. 작품의 마지막 구절 "본래의
뜻을 펼치지는 못했으나, 그런대로 좋은 세월 마치려 하네"에 이르
면 이상을 펼치지 못한 안타까움이 담담한 슬픔으로 배어 나오면서
죽음을 생각하고 있는 시인의 깊은 내면과 대면하게 된다.
　도연명이 직접 자신의 죽음을 다루고 있는 작품으로는 「자제문
自祭文」과 「의만가사擬輓歌辭」 세 편이 있다.

## 자제문自祭文

| | |
|---|---|
| 해는 정묘년 | 歲惟丁卯<br><sub>세 유 정 묘</sub> |
| 구월이다.16) | 律中無射<br><sub>율 중 무 역</sub> |
| 날은 차고 밤은 길어 | 天寒夜長<br><sub>천 한 야 장</sub> |
| 바람 기운 스산하다. | 風氣蕭索<br><sub>풍 기 소 삭</sub> |
| 기러기는 먼 길 떠나고 | 鴻雁於征<br><sub>홍 안 어 정</sub> |
| 초목은 누렇게 떨어지는데 | 草木黃落<br><sub>초 목 황 락</sub> |
| 나 도연명은 이 세상을 하직하고 | 陶子將辭逆旅之館<br><sub>도 자 장 사 역 려 지 관</sub> |
| 영원한 본가로 돌아가려 한다. | 永歸於本宅<br><sub>영 귀 어 본 택</sub> |
| ...... | ...... |

미리 쓴 자신의 제문에서 도연명은 자신이 죽음을 맞는 날을 9월
로 설정하고 있다. 이는 당시의 달력으로 늦가을에 해당한다. 사실
그는 「자제문」을 쓰고 난 후 두 달 만에 세상을 떠났다고 한다. 사람
은 누구도 죽음을 피해 갈 수 없지만 모두들 죽음에 대한 생각에서

---

16) 溫洪隆 注譯, 『陶淵明集』, 415쪽, "옛사람들은 12율로 1년 12개월을 배정했는데
無射은 늦가을인 9월에 해당한다. 『禮記』 「月令」에도 '季秋之月, 律中無射'이라 이
르고 있다."

애써 벗어나고자 애쓴다. 그리하여 일상생활 중 죽음을 연상시키는 숫자나 형상은 되도록 쓰지 않으려 한다. 그러나 죽음을 멀리하고 살아가는 사람일수록 현실에 집착하여 진정 소중한 것을 놓치고 살아가기 쉽다. 이에 비해 도연명은 늘 죽음을 염두에 두고 살았기 때문에 오히려 그의 삶은 더욱 경건할 수 있었다.

　이 시에서 시인이 세상을 하직하는 날, 그날의 기온은 차고 바람 기운은 스산하다. 기러기가 먼 길을 떠나고 누런 낙엽이 휘날리는 쓸쓸한 만추의 어느 날이다. 그날 시인은 가족·친지들의 전송을 받으며 무덤 속에 묻힐 것이라고 상상한다. 자연의 가을이나 인생의 가을은 결국 왕성함이 극에 달해 쇠락의 길을 걷다가 죽음으로 향해 가는 임계점 역할을 한다. 그리하여 도연명은 자신의 죽음을 매미 우는 소리조차 끊어진 가을 정경과 결합하고 있다. 그는 소진해 가는 생명의 마지막 순간과 모든 잎을 떨어뜨리고 동면을 향해 가는 계절 가을을 같은 구조로 받아들인 듯하다. 스산한 밤기운, 기러기, 누렇게 떨어지는 초목 등의 가을 정경이 죽음의 배경으로 등장하는 비추 이미지이다.

## 의만가사擬輓歌辭 제3수

|  |  |
|---|---|
| 찬 서리 내리는 구월중에 | 嚴霜九月中<br>엄 상 구 월 중 |
| 나를 먼 교외로 보내는구나. | 送我出遠郊<br>송 아 출 원 교 |
| 사면에 인가는 없고 | 四面無人居<br>사 면 무 인 거 |
| 높은 무덤만 정히 우뚝하네. | 高墳正嶕嶢<br>고 분 정 초 요 |
| 말은 하늘을 우러러 울고 | 馬爲仰天鳴<br>마 위 앙 천 명 |
| 바람은 절로 쓸쓸하네. | 風爲自蕭條<br>풍 위 자 소 조 |
| 고요한 집 한 번 닫혀 버리면 | 幽室一已閉<br>유 실 일 이 폐 |
| 영원히 아침이 오지 않는다네. | 千年不復朝<br>천 년 불 복 조 |
| 영원히 아침이 오지 않는 것은 | 千年不復朝<br>천 년 불 복 조 |
| 권세 있는 자라도 어쩔 수 없는 일. | 賢達無奈何<br>현 달 무 내 하 |
| 방금 전 장송하였던 사람들 | 向來相送人<br>향 래 상 송 인 |
| 각자 자신의 집으로 돌아갈 터. | 各自還其家<br>각 자 환 기 가 |
| 가족 중에는 혹 남은 슬픔이 있겠지만 | 親戚或餘悲<br>친 척 혹 여 비 |
| 타인들은 이미 노래를 부르겠지. | 他人亦已歌<br>타 인 역 이 가 |
| 죽어 가고 나면 무엇을 말하리? | 死去何所道<br>사 거 하 소 도 |
| 몸을 맡겨 산천과 함께할 뿐. | 託體同山阿<br>탁 체 동 산 아 |

이 시는 죽은 자신의 시선으로 살아 있는 타인들의 모습을 보고 있다. 만가는 죽은 자의 영혼을 애도하기 위해 부르는 노래인데 도연명은 자신을 위해 만가 세 수를 지었다. 이는 제3수로, 자신의 안장 모습을 묘사하고 있다. 역시 장례를 치르는 날이 서리 내리는 9월 어느 날로 설정되고 있다. 그는 죽음과 어울리는 계절이 가을이라고 생각했던 것이다. 서양의 시인 보들레르 또한 가을에서 죽음을 연상하고 있었다는 사실을 앞에서 언급한 바 있다.

자신의 장례를 끝내고 집으로 돌아간 사람 중에는 벌써 슬픔을 잊고 노래 부르는 자도 있을 것이고 가족 중에는 여전히 슬픔을 간직하고 있는 사람도 있을 것이다. 남은 자들은 그렇게 살아가겠지만 이제 자신은 산천의 흙으로 변해 영원히 돌아올 수 없을 것이라고 생각한다. 지극히 물질적이고 지극히 이성적인 생사관이다. 이처럼 중국의 지식인들은 대개 죽음을 돌이킬 수 없는 인생의 끝으로 받아들이고 있는데, 그 이유를 다음과 같이 설명하기도 한다.

진정한 도가들은 개인적인 부활보다는 차라리 자연의 무궁한 변천 속으로 돌아가는 것을 추구했고, 불교도들은 모든 의식의 정지를 지향했으며, 유교도들은 생명의 사후 문제에 대해서 언급한 바가 거의 없다.[17]

동양사상의 근간을 이루는 유·불·도 중 그 어느 곳에서도 사후에 대한 뚜렷한 신념을 가지고 있지 않았기 때문이라고 본 것이다. 이러한 연유로 도연명과 같은 사생관이 자리하였을 것이다. 도연명은 「잡시」 제7수에서도 "찬바람은 마른 가지를 스치고/ 낙엽은 긴 언덕길을 덮었네/ 몸은 세월 따라 쇠약해져/ 검은 귀밑머리 벌써 하얗게 되었네/ 백발이 솟아났으니/ 앞길도 점점 좁아지겠지/ 집이란 나그네를 맞는 여관/ 나는 마땅히 떠나야 할 나그네"라고 노래하고 있다. 현생의 집을 나그네가 잠깐 머무는 여관으로 표현한 것이다.

도연명의 비추에는 국화와 죽음의 그림자가 나란히 들어 있다. 동쪽 울타리 아래 오래된 정원에 국화가 가을빛을 토해 낼 때면 시인은 내면을 안정시키고 죽음에 대해 깊이 사색한다. 이를 통해 시인은 현실의 고난과 슬픔을 잊고 고요한 내면에 도달하고 있는 모습을 보여 주는데, 끝까지 죽음의 침울함에서 벗어나지 못했던 완적의 경우와는 대조되는 일면이라 하겠다.

---

17) 劉若愚 著, 李章佑 譯, 『中國詩學』(明文堂, 1994), 99쪽.

## 3. 망향의 한: 유신

　남북조시기의 망향 작가 유신庾信(513~581)은 생애의 전반부를 남조인 양梁에서 보내고, 42세 때에 북조인 서위西魏로 사신 간 사이에 고국이 함락되고 황제가 피살되면서 강제로 서위에 억류되었다. 이후 끝내 고향으로 귀환하지 못한 채 왕조가 바뀐 북주北周에서 생을 마감하였다.

　문학작품에는 작가의 삶이 반영되는 만큼 유신의 작품은 초기 남조시기와 북천 이후의 시기에 큰 차이를 보인다. 북조에 억류되기 전까지는 풍격이 가볍고 요염하여 궁체시의 성격을 벗어나지 못했다는 평가를 받는 데 비해, 북방에 억류된 후에는 섬세한 경물 묘사와 선명한 감정 전달로 깊은 고뇌와 비애를 기탁해 내고 있다는 평가를 받는다.[18] 역대 시인들은 대개 그의 '청신하고 강건한 시풍'[19]을 좋아하였는데, 이는 물론 북천 이후의 문장을 말한다.

　두보는 유신을 다음과 같이 극찬하였다.

---

18) 氷心·董乃斌·錢理群, 『彩色揷圖本中國文學史』(中國: 貴州人民出版社, 2004), 78쪽.
19) 徐寶余 著, 『庾信硏究』(中國: 學林出版社, 2003), 215쪽, "杜甫의 庾信에 대한 평가는 역대로 연구자들의 관심을 받았는데, 그 평가의 주지는 '淸新'과 '剛健'이다."

유신의 문장은 만년에 더욱 성숙해져서, 구름을 꿰뚫는 웅건한 필치에 뜻이 종횡으로 펼쳐지고 있다. 그의 일생은 쓸쓸하였으나 만년의 시부는 강관江關을 감동시켰다.[20]

이러한 찬사는 난세를 살았던 유신의 글이 안사의 난이라는 시대적 고통을 경험한 두보에게 깊은 울림을 주었기 때문일 것이다. 유신의 후기 작품은 대개 적국인 북조의 신하로 살면서 품었던 비극적 감성을 토로하고 있는데, 자신의 내면을 직서하기보다는 주로 비추 이미지를 빌려 망국의 한, 나그네의 슬픔, 고향에 대한 그리움, 절개를 잃은 통한 등을 그려 내고 있다.

먼저 유신이 가을을 어떻게 받아들이고 있었는지 보여 주는 작품을 살펴본다.

화유사和庾四

고향을 떠나 멀리서 바라보니
이별의 한이 몇 겹의 수심이던가!

離關一長望
이 관 일 장 망

別恨幾重愁
별 한 기 중 수

---

20) 仇兆鰲 注, 『杜詩詳注』(北京: 中華書局, 2007), 「詠懷古跡」, "庾信平生最蕭瑟, 暮年詩賦動江關."

봄날을 마주해도 괜찮으련만

가슴속은 오직 가을이라네.

無妨對春日
무 방 대 춘 일

懷抱只言秋
회 포 지 언 추

「유사庾四에게 화답하다」라는 제목인데, 유사는 유계재庾季才일 것으로 추정한다. 그는 유신과 같은 망향의 신세였으니, 두 사람은 고향에 대한 그리움을 서로 화답하였을 것이다.[21] 동병상련의 처지였던 만큼 서로의 아픔을 더욱 잘 이해할 수 있었을 터이다.

유신은 북방에 억류되어 있는 동안 외형적으로는 관직을 맡았고 궁중의 귀족들과 교유를 나누고 있었다. 이는 그가 남긴 「봉화시奉和詩」와 「응조시應詔詩」 등을 통해 확인할 수 있다. 그렇다면 의식주에 대한 곤란을 심하게 겪지는 않았을 것이다. 그런데 이 작품에서 시인은 이별의 한이 몇 겹으로 쌓여 있다고 말하고 있어 북천 이후 그의 마음가짐이 어떠했는지를 짐작하게 한다. 그러한 마음을 시인은 "가슴속은 늘 가을"이라고 표현함으로써 이미 한, 수심, 슬픔 등을 가을과 등가로 인식하고 있었음을 드러낸다.

유신의 이러한 사고에는 완적의 영향이 있었다. 시대적 상황에 의해 격발된 분노와 슬픔을 「영회시」에서 가을 이미지로 표현했던

---

21) 倪璠 注, 『庾子山集注』(北京: 中華書局, 2006), 369쪽.

완적을 떠올리며 유신 또한 그것을 본떠 「의영회」 27수를 남겼다.

### 의영회擬詠懷 제11수

| | |
|---|---|
| 낙엽 지는 가을 기운이 드니 | 搖落秋爲氣<br>요 락 추 위 기 |
| 처량하여 원망의 정만 많구나. | 淒凉多怨情<br>처 량 다 원 정 |
| 울음에 말라 버린 상수 가의 대나무요 | 啼枯湘水竹<br>제 고 상 수 죽 |
| 통곡에 무너진 기량의 성이로다. | 哭壞杞梁城<br>곡 괴 기 량 성 |
| 하늘이 버리니 울분의 전투를 만났고 | 天亡遭憤戰<br>천 망 조 분 전 |
| 해 기울어 군사들은 수심에 겨웠네. | 日蹙値愁兵<br>일 축 치 수 병 |
| 곧은 무지개가 아침 성채를 비추더니 | 直虹朝映壘<br>직 홍 조 영 루 |
| 살별이 밤에 군영으로 떨어졌네. | 長星夜落營<br>장 성 야 락 영 |
| 초나라 노래 한스런 곡조로 에워싸니 | 楚歌饒恨曲<br>초 가 요 한 곡 |
| 남쪽 바람에 죽어 가는 소리 많았네. | 南風多死聲<br>남 풍 다 사 성 |
| 눈앞의 한 잔 술이나 마시게 | 眼前一杯酒<br>안 전 일 배 주 |
| 누가 사후의 명예를 논할 것인가? | 誰論身後名<br>수 론 신 후 명 |

유신이 인생의 후반기에 몸담았던 조정은 자신이 오랑캐라고 멸

시하던 북방 이민족의 왕조였다. 그 왕조에 의해 자신이 섬기던 황제가 피살당하고 고국이 멸망하였음에도 불구하고 노모를 모시고 그 나라의 녹을 받고 살아야 했으니, 참으로 곤욕스러운 일생이었을 것이다. 그리하여 이 시에서는 비운의 삶을 살았던 역사 속 인물들을 떠올리고 있다.

작품의 서두는 "낙엽 지는 가을 기운이 드니, 처량하여 원망의 정만 많구나"이다. 가을 기운 때문에 원망의 정이 많은 것처럼 표현된 이 부분은 마치 송옥의 「구변」 중 "슬프도다! 가을 기운이여. 소슬하도다! 초목이 바람에 떨며 시드네"와 유사한 분위기이다. "유신의 작품이 송옥의 작품에 연원이 닿아 있는 것은 아마도 551년 유신이 강릉江陵에 체류할 때에 성 북쪽에 있는 송옥의 고택에 거주한 적이 있었는데 그 때문일 것이다"[22]라고 생각하는 연구자도 있다. 이 시의 3구부터 마지막까지는 여러 전설과 역사적인 전고를 두루 사용하면서 자신의 복잡한 심경을 토로하고 있다. 3, 4구에서는 순임금의 두 왕비 아황과 여영의 고사와 통곡으로 성을 무너뜨린 기량의 처 고사를 인용하고 있다. 아황과 여영은 순임금이 창오蒼梧의 들판에서 죽었다는 소식을 듣고 상수에 몸을 던지자 주변의 대나무에

---

22) 張喜貴, 「庚信詩賦中悲秋心理透視」, 『西北第二民族學院學報』(哲學社會科學版) 總第27期(1996 第2期), 39쪽.

반점이 생겨났다는 반죽의 고사를 남겼고, 기량의 처는 군역 나간 남편이 죽었다는 소식을 듣고 남편이 죽은 성 밑에서 통곡을 하자 성이 무너졌다고 한다. 유신은 통곡하고 싶은 자신의 마음을 드러낸 것이 아니었을까 생각한다.

한유는 그의 벗 맹교孟郊를 보내며 쓴 글에서 "무릇 사물은 평정을 유지하지 못할 때에 운다"[23]라고 하였다. 유신도 자신의 안정되지 못한 내면을 울음에 따른 여러 전고를 들어 표현하고 있는 듯하다. 5, 6구부터는 유방에 패한 항우의 이야기를 들어 하늘의 버림을 받으면 천하의 장사라도 어쩔 수 없다는 역사적 사실을 상기하면서 망국의 한을 운명의 탓으로 돌리고 싶어하는 마음을 내보인다. 완적의 「영회시」가 난해하였던 것처럼 유신의 「의영회」 또한 해석이 분분한데, 절망스러운 시인의 심정이 낙엽 지는 가을 기운에 휩싸여 방황하고 있는 듯하다.


의영회擬詠懷 제26수


쓸쓸히 보루는 멀기만 하고                         蕭條亭障[24]遠
                                                  소 조 정 장    원

---

23) 韓愈, 「送孟東野序」, 『昌黎先生文集』 上, 428쪽, "大凡物不得其平則鳴."
24) 亭障은 고대 변방 요새지역에 설치한 보루나 성채를 뜻한다.

| | |
|---|---|
| 참담하게 풍진만 많네. | 悽慘風塵多<br><small>처 참 풍 진 다</small> |
| 관문은 백적[25] 땅에 임해 있고 | 關門臨白狄<br><small>관 문 임 백 적</small> |
| 성 그림자는 황하에 들었네. | 城影入黃河<br><small>성 영 입 황 하</small> |
| 가을바람에 소무와 이별하듯 | 秋風蘇武別<br><small>추 풍 소 무 별</small> |
| 차가운 물가에서 형가와 송별하듯. | 寒水送荊軻<br><small>한 수 송 형 가</small> |
| 누가 그 기세 온 세상을 덮는다며 | 誰言氣蓋世<br><small>수 언 기 개 세</small> |
| 새벽에 일어나 막사에서 노래했던가? | 晨起帳中歌<br><small>신 기 장 중 가</small> |

　쓸쓸하고 풍진 많은 변방의 가을, 기구한 운명의 소무蘇武와 형가
荊軻 등 역사 속의 슬픈 고사를 가을 이미지와 결합시킴으로써 비추
이미지를 구성하고 있다. 특히 고향 땅의 친족들이 몰살당하고 홀로
적국의 신하로 살아가다가 소무와 이별을 나누어야 했던 이릉의 고
사[26]를 통해 비슷한 처지에 놓여 있는 자신의 슬픔을 극명하게 부각

---

25) 白狄은 白翟이라고도 하며 중국 고대 소수민족 중의 하나였다.
26) 한 초기 소무는 흉노 땅에 사신으로 갔다가 포로로 붙잡혀 19년 동안 갖은 고생
　에도 불구하고 한나라 사신의 부절을 간직하며 신념을 굽히지 않다가, 훗날 기
　러기의 발에 자신의 생존을 알리는 서신을 묶어 보내 결국 고국으로 귀환하게
　되었다. 한편 이릉은 흉노를 정벌하러 갔다가 길을 잃고 포위되자 헛되이 죽기
　보다는 훗날을 기약하겠노라며 투항했는데, 그 사실을 알게 된 한 조정에서 그
　의 가족들을 몰살함에 따라 그는 흉노 땅에서 생을 마칠 수밖에 없었다. 소무와
　이릉은 함께 흉노 땅에 거주하다가 소무가 귀환하게 되면서 서로 헤어졌다.(漢
　典; zdic.net)

시키고 있다. 또한 진시황을 암살하기 위해 차가운 물가에서 송별의
정을 나눈 뒤 죽음을 각오하고 떠나는 협객 형가의 모습, 해하의 전
투를 앞두고 최후를 예감하며 슬픈 운명을 노래하는 항우의 환영이
교차하고 있다.

유신은 역사에 자신의 모습이 어떻게 비칠 것인가 하는 생각으
로 늘 머리가 복잡했던 것 같다. 전통시대의 사대부들은 군신관계를
부자관계처럼 소중히 여기는 윤리의식을 가지고 있었는데, 그런 사
대부 윤리를 저버리고 적국의 왕을 섬기고 살아야 했던 상황은 한시
도 그를 편안케 두지 않았을 것이다. 그러한 시인의 번뇌가 풍진 많
은 변방의 가을 날씨로 대변되고 있다.

다음 작품 역시 가을 정경에 시인의 깊은 슬픔을 담아내고 있다.

#### 만추晩秋

| | |
|---|---|
| 처량하도록 맑은 저녁 풍경을 마주해 | 淒淸臨晩景<br>처 청 임 만 경 |
| 쓸쓸히 찬 계단을 바라보네. | 疎索望寒階<br>소 삭 망 한 계 |
| 젖은 뜰에는 내린 이슬이 엉겨 있고 | 濕庭凝墜露<br>습 정 응 추 로 |
| 회오리바람에 떨어진 느티나무 잎이 날리네. | 搏風奪落槐<br>단 풍 권 락 괴 |
| 해 기운 넘어가자 차가워지기 시작하는데 | 日氣斜還冷<br>일 기 사 환 랭 |

구름 낀 봉우리도 저물녘이라 더욱 어둑하네.  雲峰晩更霾
                                                                        운 봉 만 갱 매

애잔한 몇 줄기 기러기만이                                  可憐數行雁
                                                                        가 련 수 항 안

점점이 먼 허공에 줄지어 가네.                            點點遠空排
                                                                        점 점 원 공 배

　문학의 특징 중 하나는 의미를 직접 드러내지 않고 어떤 이미지
만을 제시하여 작가의 뜻을 담아내는 언외의 뜻(言外之意)이 매우 풍
부하다는 것이다. 이 시에서 시인은 거의 가을 이미지의 제시만으로
도 참담한 자신의 심정을 잘 전달해 내고 있다. 바람에 이리저리 나
부끼는 느티나무의 낙엽과 먼 하늘로 날아가는 기러기를 통해 시인
은 자신의 외로움과 슬픔을 기탁하고 있어서, 사경이 감성으로, 감성
이 다시 사경으로 대치를 거듭하며 서로 융화하고 있다. 시에 나타나
고 있는 처청凄淸, 소삭疎索, 한계寒階, 습정濕庭, 추로墜露, 박풍搏風, 낙괴
落槐, 사斜, 냉冷, 만晩, 매霾, 가련可憐, 안雁, 원遠, 공空 등의 낱말이 귀향
할 수 없는 시인의 고뇌와 가을 이미지를 동시에 그려 내고 있다.
　고향은 나그네가 꿈꾸는 최종 종착지이며 전통 문인들이 이상을
달성하고 난 후 금의환향하고 싶어하는 최후의 귀향처이다. "고향이
란 천지만물이 서로 춤추면서 하나로 어우러져 존재하는 근원 가까
이에 있는 장소이다. 고향은 천지신인이 서로 친밀하게 놀이하는 시

방세계이다. 고향은 존재하는 모든 것이 서로 어깨동무하며 하나로 어우러져 조화롭게 존재하는 열린 장이다. 그리하여 하이데거는 인간답게 사유하며 거주할 수 있는 삶의 영역이라는 의미로 고향을 파악하였다."27) 이처럼 고향은 인간의 삶에서 반드시 돌아가고 싶은 근원적인 장소이다. 그런데 유신은 전쟁의 소용돌이 속에서 그러한 종착지와 근원으로서의 회귀 장소를 상실하였고, 그러한 불행을 비추감성으로 표현하고 있다. 다음 작품도 그러하다.

### 화영천공추야和潁川公秋夜

| | |
|---|---|
| 광활한 허공은 아득히 멀고 | 沈廖空色遠<br>침 료 공 색 원 |
| 나뭇잎 누래지는 쓸쓸한 계절이 되었네. | 葉黃凄序變<br>엽 황 처 서 변 |
| 골짜기 포구에는 변방 기러기가 내려앉고 | 洞浦落邊鴻<br>동 포 낙 변 홍 |
| 회오리바람은 둥지의 제비를 떠나보내네. | 長飇送巢燕<br>장 표 송 소 연 |
| 천추에 저녁 그림자 흐르고 | 千秋流夕景<br>천 추 유 석 경 |
| 온갖 소리는 밤의 노래를 품었네. | 百籟含宵囀<br>백 뢰 함 소 전 |
| 높은 성에서는 금탁 소리 울리고 | 峻雉聆金柝<br>준 치 영 금 탁 |

---

27) 문동규, 「귀향」, 『범한철학』 64(2012), 143·157쪽.

층대에는 물시계 소리가 애절하네.　　　　　　　層臺切銀箭
　　　　　　　　　　　　　　　　　　　　　　　　층 대 절 은 전

　소슬한 가을 정경과 시인의 허전하고 쓸쓸한 마음이 융화하여 비추감성을 드러낸다. 1, 2구의 "광활한 허공이 아득히 멀고, 나뭇잎이 누렇게 바래는 쓸쓸한 계절이 되었다"라는 표현은 결국 가을임을 시사한다. 3, 4구의 "골짜기 포구에는 변방 기러기가 내려앉고, 회오리바람은 둥지의 제비를 떠나보내네"라는 표현은 시인 자신의 처지를 형용한 것으로 보인다. 전쟁의 회오리바람 속에서 둥지를 잃은 시인, 잘 알지도 못하는 북방의 어느 골짜기 포구 가에 내려앉아 변방 기러기처럼 살아가고 있는 자신, 이러한 형상을 통해 나라 잃고 떠돌이가 된 외롭고 고단한 신세를 생생하게 드러내고 있다. 그러나 시인의 애타는 마음에도 불구하고 시간은 흘러 어느새 저녁 그림자가 내려앉는다. 그때 높은 성에서 들려오는 금탁 소리와 급하게 재촉해 대는 물시계 소리가 불안감을 형성하며 시인의 모습을 더욱 애처롭게 형상화한다.

　이처럼 유신은 자신의 주변에 펼쳐지고 있는 가을 정경을 통해 내면 깊숙이 형성된 절대고독감을 토로해 내었다. 그리하여 유신은 송옥 이후 가장 뛰어난 비추감성의 계승자라고 평해진다. 자신의 고통스러운 처지를 가을 정경에 기탁하여 문학적 미학으로 아름답게 승화시켜 내었기 때문이다.

유신 작품의 비추에는 고향으로 돌아갈 수 없다는 귀환 불가능성에 대한 비애와 불사이군의 사대부 윤리를 저버린 유자로서의 부끄러운 자화상을 자책하는 내용이 두드러지게 나타나고 있다. 사절의 신분으로 고향을 떠났다가 뜻하지 않게 억류되어 다시는 고향으로 돌아갈 수 없었던 사건은 유신에게 평생의 회한이 되었을 것이다. 그리하여 그의 작품 속 비추 이미지에는 이 두 가지 주제가 강렬하게 반영되어 있다.

위진남북조시기는 시대적으로 난세였다. 비추는 난세라는 토양에서 더욱 잘 자라는 감성이다. 온전한 비추감성이 수립된 송옥의 시대는 전국시대라는 난세였고, 비추의 사회적 감성화가 이루어진 위진남북조시대 또한 난세였다. 『시경』에서 흥의 기법으로부터 출발한 가을 이미지와 슬픔의 관계는 수많은 세월을 거치는 동안 문학작품 속에 끊임없이 전승되면서 확대 강화의 과정을 거쳤다. 그리하여 위진남북조시기에 이르러 난세를 만난 사인들의 고통이 대거 가을 이미지를 통해 표현되면서 비추는 사회적 감성으로서의 보편성을 획득하게 되었다. 서진시기 육기陸機는 자신의 문학이론을 피력한 글에서 다음과 같이 적었다.

사계절을 따라 세월이 흘러감을 탄식하고, 만물을 바라보면서 생
각이 분분해진다. 세찬 가을에는 낙엽을 보며 슬퍼하고, 향기로운
봄날에는 여린 나뭇가지에 기뻐한다.[28]

슬픔의 정서를 가을과, 기쁨의 정서를 봄과 결합시키고 있는 모
습을 볼 수 있는데, 이는 비추문학의 전통이 발휘한 놀라운 힘의 결
과이다. 중국문화의 정체성을 형성하는 한대의 사상에서는 가을이
분노(怒)의 감정과 대응되고 있었음에도 불구하고, 위진남북조시기
의 문인들은 그러한 사상을 무력화시키면서 가을과 슬픔을 깊이 결
합시켜 내었던 것이다. 이처럼 위진남북조시기에 비추 의식이 정립
하게 된 특별한 원인으로 다음과 같은 두 가지를 생각해 본다.

첫째, 난세로 인해 사인들의 번뇌와 슬픔이 많았다.

둘째, 상(象)을 통해 뜻을 전달하고자 했던 현학 논제의 유행이 문
학의 상인 이미지에 영향을 주었다.

이러한 요인들로 인해 위진남북조시대에는 가을과 슬픔이 더욱
지속적이며 객관적인 관계로 결합하게 되었다. 『문심조룡文心雕龍』「물
색物色」에는 다음과 같은 표현이 있다.

---

28) 陸機, 「文賦」, "遵四時以嘆逝, 瞻萬物以思紛. 悲落葉於勁秋, 喜柔條於芳春."(蕭統 編,
李善 注, 『文選』, 上海古籍出版社, 2005, 762쪽)

해가 바뀌어 봄기운이 완연하게 되면 기쁘고 즐거운 감정이 솟구치고…… 하늘이 높고 기운이 맑아지면 침울한 생각들이 많아진다.[29]

---

29) 『文心雕龍』(北京: 人民文學出版社, 1998), 693쪽, "獻歲發春, 悅豫之情暢……天高氣淸, 陰沈之志遠."

제5장 비추감성의 심화 : 당대

당대는 국제성과 개방성을 내세운 정치적 경향에 힘입어 여러 민족과의 소통이 원활해지고 각 지역의 문화적 전통도 자연스럽게 융화를 이루었다. 그리하여 유·불·도 사상이 공존하는 문예사조 속에서 중국 고전시가의 황금기를 구가하였다. 특히 과거시험에 시부詩賦가 포함되어 창작 계층이 확대되면서 추시에 있어서도 그 어느 때보다 뛰어난 업적을 이룩하였다.

당대에는 『전당시全唐詩』1)의 분량이 말해 주듯 기라성처럼 많은 시인들이 제각기 자신의 독특한 재능을 빛내었다. 그 중에서도 왕유, 이백, 두보는 중국문학사에 최고의 발자취를 남겨 놓아 각각 시불詩佛, 시선詩仙, 시성詩聖으로 불리게 된다.

왕유는 문학에 있어서 독자적인 경지를 개척하였는데, 회화에서도 뛰어난 재능을 발휘하여 남종화의 비조가 되었다. 그리하여 그는 시에서는 회화적 감각이 빛나고, 회화에서는 시적 정취가 담겨 있어, 송대의 소동파는 왕유의 시와 그림을 두고 "시를 음미하고 있으면 마치 시 속에 그림이 있는 듯하고, 그림을 보고 있노라면 마치

---

1) 『전당시』는 淸나라 康熙 연간에 彭定求 등이 편찬한 책이다. 唐·五代의 시가 49403수가 수록되어 있으며 殘句도 1555조가 실려 있다. 실린 작가는 2837인인데 대체적으로 시대 순으로 배열되어 있다. 작품과 함께 작가의 小傳이 부기되어 있다. 전체 900권으로 당대 시가를 수록한 가장 완비된 총집으로 평가된다. (漢典; zdic.net)

그림 속에 시가 있는 듯하다"(詩中有畵, 畵中有詩)라고 평가하였다.

당대의 추시에 나타나는 또 하나의 특징은 가을에 대한 많은 연작시가 등장하고 있다는 사실이다. 『전당시』에는 제목에 추秋 자가 등장하는 2수 이상의 연작 추시가 무려 64작품이 있으며, 5수 이상에 해당하는 연작 추시도 11작품이 있다. 이백과 두보 또한 자신들의 탁월한 문학적 재능을 발휘하여 연작 추시인 「추포가」 17수와 「추흥」 8수를 남겼다. 이러한 작품들을 통해 비추미학의 완숙한 경지를 확인할 수 있다. 그리하여 중당시기의 문장가 한유는 "이백과 두보의 문장은 그 빛이 만 장으로 뻗치는데, 어리석은 이들이 그것을 모르고 함부로 비방하고 있다. 이는 마치 개미가 큰 나무를 흔드는 꼴이니 그 스스로를 헤아리지 못함이 가소롭구나"[2]라고 말함으로써 두 시인에 대한 후인들의 평가조차 불식시켜 버렸다. 이러한 평가를 통해 중국문학사에 빛나는 이백과 두보의 위상을 짐작할 수 있다.

이와 같은 분위기 속에서 당대의 추시는 그 표상의 폭이 넓어지고 문학성도 크게 향상되었다. 거침없이 감정을 쏟아 붓던 전대의 작품과 다르게 시인들의 감정은 절제되고 있지만, 자신의 내면과 사회적 현실을 깊이 있게 반영해 내었으며 비추에 기탁하는 함의도

---

2) 『韓昌黎全集』, 「調張籍」, "李杜文章在, 光焰萬丈長, 不知群兒愚, 那用故謗傷. 蚍蜉撼大樹, 可笑不自量."

크게 확장되었다. 시불, 시선, 시성으로 불리는 세 작가의 작품들을 통해 당대 비추감성의 심화된 면모를 확인해 보고자 한다.

# 1. 정을 그리는 시불詩佛: 왕유

왕유王維(701~761)는 중국 태원太原 사람인데, 태원은 우리나라의 경주처럼 옛 정취를 간직하고 있는 고도이다. 일찍 부친을 여의고 독실한 불교 신자인 어머니의 영향을 받고 자란 왕유는 자신의 자를 마힐이라 하였다. 그의 이름 유維와 자 마힐摩詰을 합하면 불경에 나오는 유마힐 거사와 같게 되어 불교에 대한 그의 신앙심을 엿보게 한다. 그는 당 현종 시절에 대부분의 장년기를 보냈는데,『구당서』「왕유전」에서는 왕유에 대해 다음과 같이 적고 있다.

형제들이 모두 부처를 받들고 항상 소찬을 들면서 마늘, 파 등과 고기류를 먹지 않았다. 만년에는 재실에 오래 머물고 채색 옷도 입지 않았다.…… 날마다 십여 명의 명승과 식사하며 현담으로 낙을 삼았으며, 서재에는 아무것도 없이 오직 차와 약 도구, 탁자와 침상만 두었을 뿐이다. 조정에서 물러난 후로는 분향하며 홀로 살았다. 불경을 암송하는 것으로 일과를 삼았다.[3]

---

3) 『舊唐書』,「王維本傳」, "兄弟俱奉佛, 居常疏食, 不茹葷血. 晚年長齋, 不衣文彩.……日飯十數名僧, 以玄談爲樂, 齋中無所有, 唯茶鐺藥臼, 經案繩床而已. 退朝以後, 焚香獨立, 以禪誦爲事."

가을 햇살이 환히 비치는 단아한 선방에서 고고하게 지내는 선사의 모습을 떠오르게 한다. 그의 생활 또한 분향하며 불경을 암송하는 것으로, 선승의 일상과 비슷하다. 왕유는 서른 무렵에 아내가 세상을 떠났는데, 다시 장가들지 않고 30년간 홀로 독방에 거처하였다고 한다. 먼저 떠난 아내에 대한 그리움 때문이었을까? 그의 작품에는 홀로 거처하는 여인들에 대한 안타까움이 각별하다. 그리하여 그는 그녀들의 애환을 남종화의 비조답게 마치 한 폭의 수묵화처럼 묘사해 내고 있다.

### 추야곡秋夜曲

| | |
|---|---|
| 달빛 떠오르고 가을 이슬 가만히 내려 | 桂魄初生秋露微<br>계 백 초 생 추 노 미 |
| 비단옷 너무 얇은데 아직 갈아입지 못했네. | 輕羅已薄未更衣<br>경 라 이 박 미 갱 의 |
| 은 아쟁을 밤 깊도록 쉼 없이 연주하는 것은 | 銀箏夜久殷勤弄<br>은 쟁 야 구 은 근 농 |
| 빈방 두려워 차마 돌아가지 못하기 때문. | 心怯空房不忍歸<br>심 겁 공 방 불 인 귀 |

이 시는 향기를 고이 간직하고 있으나 찾아드는 나비가 없어 적막하게 시들어 가고 있는 꽃의 노래처럼 느껴진다. 전통시대 궁녀들은 궁중 화원에 핀 수많은 꽃들 중의 한 송이에 불과하여, 황제의

눈길이 한 번 스쳐 지나가고 나면 언제 다시 그 눈길을 받을 수 있을지 기약이 없었다. 수많은 꽃송이들이 보아 주는 사람 없이 홀로 시들어 떨어지고 있었는데, 왕유는 그러한 여인들에게 특별히 마음을 썼다.

이 시의 1, 2구에서는 쌀쌀한 날씨에도 여전히 얇은 옷을 입고 있는 여인의 형상을 통해 지쳐 가고 있는 여인의 마음을 시각적으로 표현하고 있으며, 3, 4구에서는 차마 빈방으로 돌아가지 못하고 하염없이 아쟁을 타고 있는 여인을 묘사하여 그녀의 끝없는 기다림을 청각적으로 전달하고 있다. 일찍이 사마천은 『사기史記』에서 "선비는 자신을 알아주는 사람을 위해 목숨을 바치고, 여인은 자신을 기쁘게 해 주는 사람을 위해 용모를 꾸민다"라고 말한 바 있다. 자신을 흐뭇하게 바라보아 줄 사람이 곁에 없기에 시 속의 여인은 계절이 바뀌어도 새옷으로 갈아입을 의욕이 없다. 기약 없는 기다림의 쓸쓸함이 가을날의 정경과 함께 긴 여운으로 남는다.


우림기규인羽林騎闖人

가을 달빛 높은 성을 비출 때　　　　　　　　　　秋月臨高城
　　　　　　　　　　　　　　　　　　　　　　　　추 월 임 고 성
성안의 음악 소리는 그리움이네.　　　　　　　　城中管絃思
　　　　　　　　　　　　　　　　　　　　　　　　성 중 관 현 사

| | |
|---|---|
| 그 사람 떠나고 마루에서 시름겨운데 | 離人堂上愁<br>이 인 당 상 수 |
| 어린 자식은 섬돌 앞에서 장난하네. | 稚子階前戲<br>치 자 계 전 희 |
| 문을 나서니 달빛은 다시 창을 비추는데 | 出門復映戶<br>출 문 부 영 호 |
| 푸른 말고삐 오는지 보고 또 바라보네. | 望望靑絲騎<br>망 망 청 사 기 |
| 지나는 행인도 다 끊기려 하건만 | 行人過欲盡<br>행 인 과 욕 진 |
| 무심한 지아비는 끝내 오지 않네. | 狂夫終不至<br>광 부 종 부 지 |
| 주변에서도 묵묵 말을 못하고 | 左右寂無言<br>좌 우 적 무 언 |
| 바라보며 함께 눈물만 흘려 주네. | 相看共垂淚<br>상 간 공 수 루 |

시적 화자의 남편은 우림군의 기마병으로 청사 줄 말고삐를 잡고 의기양양 집을 떠났다. 그리고 하염없이 기다리고 있는 아내의 마음을 아는지 모르는지 돌아올 줄을 모른다. 남편은 떠날 때에 아내와 어린 자식들에게 어떤 작별인사를 남겼을까?

초저녁부터 여인은 마루 위에서 간절하게 남편을 기다리고 있고, 철없는 아이들은 섬돌 앞에서 장난을 치며 논다. 이윽고 밤이 깊어지자 아이들은 잠자리에 들고, 여인은 가만히 문을 열고 큰길로 나서 행인들을 살핀다. 그러나 끝내 그이는 오지 않고 행인마저 끊기려는 한밤이 되었다. 주위에서 그녀의 기다림을 지켜보던 이웃들은 차마 무슨 말을 건네지 못하고 함께 눈물을 흘려 줄 뿐이다. 깊어 가는 가을밤과 함께 수심으로 야위어 가는 애달픈 여인의 모습이 왕유 시의 회화적 특성을 통해 비추감성으로 번지고 있다.

**반첩여班婕妤 제1수**

| | |
|---|---|
| 옥창 앞으로 반딧불이 지나가고 | 玉窓螢影度<br>옥 창 형 영 도 |
| 궁전엔 사람 소리도 끊겼네. | 金殿人聲絶<br>금 전 인 성 절 |
| 가을밤 비단 휘장을 지키고 있는데 | 秋夜守羅幃<br>추 야 수 라 위 |
| 외로운 등불만 밝아 꺼질 줄 모르네. | 孤燈耿不滅<br>고 등 경 불 멸 |

반첩여는 한나라 성제成帝의 후궁으로 재능과 미모를 겸비한 여인이었다. 처음에는 황제의 총애를 입어 첩여 벼슬에까지 올랐으나, 나중에 황제가 개미허리처럼 날씬한 조비연趙飛燕 자매에게 푹 빠지게 되면서 버림을 받았다. 영리한 첩여는 총애를 잃자 스스로 태후를 모시겠다고 자청하여, 장신궁長信宮으로 물러나서 몸소 주변을 청소하는 등 근면한 생활을 하였다. 그녀는 자신의 신세를 가을 부채에 비유한 「원가행」이라는 시를 지었다. 그 중에는 "늘 두려운 것은 가을이 되어/ 시원한 바람이 더위를 앗아 가면/ 대나무 상자 속에

버려져/ 사랑이 중도에 끊어질까 함이네"[4]라는 구절이 있는데 이를 통해 황제의 총애를 잃을까 노심초사했던 그녀의 속내를 읽을 수 있다.

왕유는 이처럼 역사 속 여인들의 애잔한 삶까지 헤아릴 줄 아는 마음을 지녔다. 그는 춘추전국시대에 나라를 잃고 강제로 초나라 왕의 부인이 된 식규息嬀를 노래하는 시에서도 "지금 총애 받는다 말하지 말라/ 어찌 옛날의 은혜를 잊었겠는가/ 꽃만 봐도 눈물 가득 고였고/ 초나라 왕과 끝내 말하지 않았네"[5]라고 노래하여, 시대적 불운으로 굴곡진 운명을 감내해야 했던 역사 속 여인들에게까지 깊은 동정의 마음을 드러내었다.

이 시에서도 첩여는 밤이 깊도록 등불을 끄지 못하고 누군가를 그리워하고 있다. 무정한 반딧불만이 비단 휘장이 드리운 그녀의 옥창 앞을 스쳐 지나갈 뿐이다. 정적이 맴도는 가을밤과 여인의 그리움이 비추감성을 형성한다.

---

4) 班婕妤, 「怨歌行」, "常恐秋節至, 涼飇奪炎熱, 棄捐篋笥中, 恩情中道絶."
5) 王維, 「息夫人」, "莫以今時寵, 能忘舊日恩. 看花滿眼淚, 不共楚王言."

## 상사相思

| | |
|---|---|
| 홍두는 남쪽 나라에서 자라는데 | 紅豆生南國<br><sub>홍 두 생 남 국</sub> |
| 가을 되어 몇 가지 돋았으리라. | 秋來發幾枝<br><sub>추 래 발 기 지</sub> |
| 그대에게 권하노니 부디 많이 따시게 | 勸君多採擷<br><sub>권 군 다 채 힐</sub> |
| 그것이 곧 최고의 그리움이 아니던가! | 此物最相思<br><sub>차 물 최 상 사</sub> |

이 시에서 그리움의 원천으로 나타나고 있는 홍두는 열대식물로 일명 상사자相思子로 불린다. 고대에 어떤 여인이 변방에 군역 나간 남편에 대한 그리움을 이기지 못해 한 나무 밑에서 애절하게 통곡하다가 죽었는데 그 후부터 붉은 열매가 열리기 시작했다는 전설을 가지고 있다. 혹은 어느 부인이 그리움에 흘린 피눈물이 땅에 떨어져 상사두가 되었다고 전하기도 한다. 두 전설 모두 홍두에 곡진한 그리움의 상징성을 부여하고 있다. 시인은 그 열매를 "부디 많이 따시게"라는 부탁의 말을 통해 보여 줄 수 없는 그리움의 감성을 전하고 있다.

이 시에서 시인은 그리움의 대상을 분명히 밝히지 않음으로써 연인, 고향, 고국, 황제에 이르기까지 많은 상상의 여지를 제공한다. 또 제2구의 추秋는 춘春으로 된 판본도 있어 가을이 봄으로 해석되기

도 하고, 홍두 역시 현대 중국어에서 팥의 의미를 가지고 있어 다른
해석을 낳기도 하지만, 파란 가을 하늘과 붉은 열매의 시각적 이미
지가 신선하면서도 아득한 그리움으로 작용한다.

　다음은 왕유의 시 중 비추감성이 아닌 추시 작품 한 수를 감상해
보고자 한다.

### 산거추명山居秋暝

| | |
|---|---|
| 빈산에 새 비 내린 후 | 空山新雨後<br>공 산 신 우 후 |
| 저녁 되자 가을 기운이 완연하네. | 天氣晚來秋<br>천 기 만 래 추 |
| 밝은 달은 소나무 사이를 비추고 | 明月松間照<br>명 월 송 간 조 |
| 맑은 샘물이 바위 위를 흐르네. | 清泉石上流<br>청 천 석 상 류 |
| 대숲은 빨래하고 돌아가는 아낙들로 들썩이고 | 竹喧歸浣女<br>죽 훤 귀 완 녀 |
| 연꽃은 지나는 고깃배에 흔들리네. | 蓮動下漁舟<br>연 동 하 어 주 |
| 마음대로 봄꽃은 시들고 있지만 | 隨意春芳歇<br>수 의 춘 방 헐 |
| 귀뚜라미는 스스로 머물려 하네.6) | 王孫自可留<br>왕 손 자 가 류 |

---

6) 王孫이 귀뚜라미의 별칭으로 쓰이기에 尾聯의 해석을 이와 같이 하였다. 봄꽃과
　가을의 대표적 경물인 귀뚜라미를 대비한 것이다. 또한 王孫은 시에서 보통 상
　대를 높여 부르는 표현이기도 하다. 그러나 이 작품에서는 왕유 자신이 주변의
　가을 정경에 더없이 만족해하고 있으며 왕유의 성과도 같아서 시인 자신이 머

『문연각사고전서 전자판』에는 제목이 「산거추홍山居秋興」으로 되어 있지만 조전성趙殿成의 『왕우승집주』에는 「산거추명山居秋暝」으로 되어 있다. 이 작품에 나타나고 있는 시간적 배경이 초가을의 해 질 무렵이기 때문에 「산거추명」으로 보는 것이 적절할 것 같아 그것을 따랐다.

이 작품은 가을과 석양 무렵을 시간적 배경으로 하기 때문에 자칫 위진시기의 추시 작품에서 보았던 것처럼 가을과 일몰의 시간성이 주는 쇠락하고 침울한 분위기로 이어지기 쉽다. 그럼에도 불구하고 이 작품은 오히려 밝고 생동적인 경쾌한 삶의 리듬을 담아내고 있어서 전체적인 시의 분위기가 잔잔하면서도 충만하다. 이는 가을 이미지가 갖는 비극성, 즉 가을과 인생의 노년 또는 인생의 불우함을 연결시켰던 비추감성을 극복하고 가을이 밝고 긍정적인 계절로 나타나고 있다. 송대 진사도陳師道는 『후산시화後山詩話』에서 "왕유와 위응물은 모두 도연명으로부터 배웠으나, 왕유는 그 자득함이 있었다"[7]라고 하였다. 특히 왕유가 도연명을 사모하였음은 그의 작품에서 자신의 집 앞을 '오류전'으로 표현하고 있는 것에서도 잘 알 수

---

물고 싶어하는 마음으로 풀이해도 좋을 것 같다.

7) 陳師道, 『後山詩話』, "右丞蘇州, 皆學於陶, 王得其自在."(何文煥 輯, 『歷代詩話』, 北京: 中華書局, 2006, 313쪽)

있다.[8] 그리하여 왕유는 가을 정서에 있어서도 도연명과 같은 평담함을 기본 정조로 유지하고 있으며, 거기에서 한걸음 더 나아가 경쾌하고 생동적인 이미지를 보여 주기도 한다.

이 시는 마을 사람들의 평범한 일상을 바탕으로 하고 있지만 그 속에는 활발발함이 살아 있다. 가을날 석양 무렵 비가 내린 후 산야는 맑고 공기는 상쾌하다. 주변은 온통 고요한데, 그윽한 대숲에는 빨래하고 집으로 돌아가는 아낙들이 일상사를 도란거리며 지나간다. 3, 4구의 함련領聯과 5, 6구의 경련頸聯에서 보여 주는 깨끗한 대구로 인해 시의 격조가 한층 높아지고 있다. 멀리서는 고깃배가 지나가고 그 물결에 연꽃이 흔들거린다. 아낙들이 주고받는 이야기로 청각이 경쾌하고, 흔들거리는 연꽃으로 시각이 즐겁다. 또한 날아오는 연꽃의 향기로 후각까지 감미롭다. 회화적이고 음률적인 왕유 시의 특징이 모두 녹아 있다. 고요하고 평화로운 가운데 뭇 생명이 약동하는 "연비여천鳶飛戾天 어약우연魚躍于淵"[9]의 섭리가 느껴진다. 밝은 달, 맑은 샘물, 대숲, 연꽃 등의 시어들도 모두 순결하고 고상한 심상을 지니고 있어서 가을 이미지를 한껏 청아하게 끌어올리고 있다.

---

8) 趙殿成 箋注,『王右丞集注』, 권7,「輞川閑居贈裴秀才迪」, "復値接輿醉, 狂歌五柳前."
9)『詩經』,「大雅・旱麓」, "소리개는 하늘까지 치솟고, 물고기는 연못에서 뛰논다"라는 의미로, 만물이 각기 제 성정대로 활기차게 살아 숨 쉬고 있음을 의미한다.

이 시에서의 가을은 쓸쓸한 계절이 아니라 한아하고 명랑하며 삶의 생명력을 느끼게 하는 긍정의 감성을 간직하고 있다.

그러나 이 시에 앞서 살펴본 왕유의 다른 작품들에는 가을정경과 나란히 그리움과 아픔이 자리하고 있다. 그 그리움과 아픔은 간절히 원하는 대상이 함께 있지 못하기 때문에 생겨난 마음들이었다. 맹자는 왕도정치를 설파하면서 가장 먼저 돌보아 주어야 할 사람들이 환鰥, 과寡, 고孤, 독獨이라고 하였다. 그 이유는 궁핍한 처지에 놓여 있음에도 자신들의 어려움을 호소할 곳이 없는 사람들이라고 여겼기 때문이다.[10]

일찍이 아내를 잃고 평생을 홀로 살았던 시인은 궁중에서, 여염에서 혹은 역사 속에서 상실의 아픔을 겪고 있는 여인들의 처지를 섬세하게 헤아렸다. 그리고 그들에 대한 자신의 안타까운 마음을 담아 그녀들의 처지를 마치 한 폭의 수묵화처럼 그려 내었다.

---

10) 『孟子』, 「梁惠王下」, "老而無妻曰鰥, 老而無夫曰寡, 老而無子曰獨, 幼而無父曰孤, 此四者, 天下之窮民而無告者."

## 2. 포구를 서성이는 시선詩仙: 이백

이백李白(701~762)은 부모의 태몽에 태백성太白星이 나타났다고 해서 자를 태백이라 하였는데, 가히 하늘의 반짝이는 별처럼 그의 이름은 동서고금에 빛나고 있다. 그가 남긴 천여 수의 작품 속에는 다종다양한 감성이 유로되고 있어서 그야말로 시선이라는 명성에 조금의 부족함도 없을 듯하다.

젊은 시절 이백은 호연지기를 키우며 학문에도 정진하여 천하를 다스려 보고자 하는 큰 포부를 지녔다. 그러나 현실은 그의 뜻대로 되지 않았고, 국가가 전란에 휩싸이게 되면서 그의 불우함도 커져만 갔다. 안사의 난을 평정하는 과정에서 이백은 현종의 16째 아들 이린李璘의 막료가 되어 그를 도왔는데, 숙종이 재위에 오르고 이린이 처형되면서 이백까지 연좌되어 사형을 언도받게 되었다. 가까스로 지인들의 도움을 받아 야랑夜郞으로 유배되었다가 풀려난 그는 해배의 기쁨을 「조발백제성」11)이라는 시로 표현하며 설레는 마음을 안고 집으로 돌아왔다. 그런데 아내는 도관으로 떠나고 그 많던 재산도 탕진되어 생계조차 꾸리기 힘든 상황이 기다리고 있었다. 그리하

---

11) 李白, 「早發白帝城」, "朝辭白帝彩雲間, 千里江陵一日還, 兩岸猿聲啼不盡, 輕舟已過萬重山."

여 이백은 먼 조카에 의지해 살아야 하는 수심 많은 나그네가 되어 남방지역을 떠돌며 「추포가」 17수를 지었다. 추포秋浦에 등장하고 있는 추秋는 지명에 사용된 글자이기는 하지만 가을 추秋와 일치함으로써 쓸쓸한 가을 이미지를 쉽게 표방한다.

**추포가秋浦歌 제1수**

| | |
|---|---|
| 추포는 늘 가을 같아서 | 秋浦長似秋<br>추 포 장 사 추 |
| 쓸쓸함이 사람을 수심 겹게 하네. | 蕭條使人愁<br>소 조 사 인 수 |
| 나그네는 수심을 이기지 못해 | 客愁不可度<br>객 수 불 가 도 |
| 걸어 동쪽 대루산12)으로 오르네. | 行上東大樓<br>행 상 동 대 루 |
| 곧 서쪽 멀리 장안을 바라보는데 | 正西望長安<br>정 서 망 장 안 |
| 아래로 장강의 물이 흐르고 있구나. | 下見江水流<br>하 견 강 수 류 |
| 장강의 물에게 말 건네노니 | 寄言向江水<br>기 언 향 강 수 |
| 네 마음속에 나는 기억되고 있는지? | 汝意憶儂不<br>여 의 억 농 불 |
| 멀리서 눈물 한 줌 전하노니 | 遙傳一掬淚<br>요 전 일 국 루 |

---

12) 王琦 注, 『李太白全集』, "大樓山은 추포현의 남쪽에 있는 산으로 그 모양이 마치 큰 누각이 공중에 떠 있는 모습과 같아 붙여진 이름이다. 池州府의 남쪽 60리에 있다."

나를 위해 양주로 부쳐 주려무나.　　　　　　爲我達揚州
　　　　　　　　　　　　　　　　　　　　　　　　위 아 달 양 주

　　가을 연작시의 제목 「추포가」를 '가을날 포구에서의 이별 노래'
라는 뜻으로 풀어 보니 벌써 애상의 마음이 일어난다. 사실 그 고장
에 추포라는 이름의 호수가 있어서 그러한 지명이 되었다고 한다.
현재는 안휘성 귀지현貴池縣 서남쪽에 위치하고 있는데, 귀지현이라
는 지명 또한 호수와 관련된 것임을 알 수 있다. "추포는 늘 가을
같아서, 사람을 수심 겹게 하네"라는 첫 구절로 미루어 시인은 추포
를 가을로, 가을을 수심으로, 그리하여 추포를 이미 수심으로 받아
들이고 있어서 비추감성에 젖어 있는 자신의 마음을 보여 준다.

　　이 시 제1구 "추포는 늘 가을 같다"의 '늘'이라는 글자는 이백이
추포에 자주 머물렀다는 사실을 시사한다. 그런데 그곳은 항상 수심
을 갖게 하기에, 시인은 수심을 견디지 못하고 동쪽에 있는 대루산
으로 올라가 멀리 장안의 하늘을 바라본다. 그때 홀연 산 아래로 흐
르는 장강의 물이 눈에 들어온다. 유유히 흐르는 강물은 한시도 멈
추지 않는 세월이면서 또한 시인의 끝없는 슬픔이기도 하다. 이때
시인의 행보는 높은 산으로 올라가 아래로 물을 굽어보는 등고임수
登高臨水의 행위인데, 이는 전국시대 송옥이 「구변」에서 "쓸쓸하도다/
먼 길 떠날 때처럼 산에 올라가 물을 바라보며/ 돌아갈 이를 전송하

듯"이라고 노래한 이후로 슬픈 감성을 유로하는 행위가 되었다. 그러한 슬픔 속에서 시인은 강물에게 자신의 눈물만이라도 양주로 부쳐 달라고 부탁한다. 흐르는 물을 통해 추포와 양주, 그리고 시인이 그리워하는 장안의 경계를 시상 속에서 넘나들고 있다.

후반부에 등장하는 양주는 예로부터 권력과 부와 명예를 모두 차지하겠다는 양주학楊洲鶴의 고사를 간직하고 있는 곳으로, 남방의 여러 지역과 수도 장안을 연결해 주는 교통의 요지이다. 각지의 물산이 집결하는 풍요로운 고장이었으며, 그곳을 지나면 그리운 장안으로 들어갈 수 있다. 시인은 비록 추포에 머물고 있지만 마음은 언제나 자신이 떠나온 장안에 두고 있음을 알 수 있다. 장안은 이백에게 치국평천하治國平天下의 이상을 실현할 수 있는 꿈의 공간으로, 아직도 그곳에는 벗들이 있다. 눈물을 부치고 싶어하는 그의 마음을 통해 간절한 어떤 희구를 느낄 수 있다.


**추포가秋浦歌 제2수**

추포의 원숭이 밤새 슬피 울어                秋浦猿夜愁
                                        추 포 원 야 수

황산도 백발이 되겠네.                       黃山堪白頭
                                        황 산 감 백 두

청계는 농수가 아니건만                       青溪非隴水
                                        청 계 비 농 수

| | |
|---|---|
| 도리어 애를 끊는 듯 흐르네. | 翻作斷腸流<br>번 작 단 장 류 |
| 떠나려 해도 떠나지 못하니 | 欲去不得去<br>욕 거 부 득 거 |
| 잠깐의 노닒이 오랜 여정이 되어 버렸네. | 薄游成久游<br>박 유 성 구 유 |
| 어느 해에나 돌아갈 수 있을까? | 何年是歸日<br>하 년 시 귀 일 |
| 눈물이 비처럼 외로운 배에 떨어지네. | 雨淚下孤舟<br>우 루 하 고 주 |

작품의 공간적 배경이 되고 있는 황산과 청계에 모두 시인의 수심이 깃들어 있는데, 그 공간에 원숭이와 농수가 있다. 원숭이는 단장의 고사를 간직하고 있는 동물로, 『세설신어』에서는 다음과 같이 적고 있다. "동진의 환온이 촉 땅으로 가던 도중 장강삼협을 지날 때에 일행 중에서 원숭이 새끼를 잡은 자가 있었다. 그 어미가 강언덕을 따라오며 슬피 우는데, 백여 리를 가도록 떠나지 않다가 마침내 배 위로 뛰어오르더니 그 자리에서 죽었다. 그 배를 갈라 보았더니 창자가 모두 마디마디 끊어져 있었다."[13] 농수는 농산隴山의 물이라는 뜻으로, 그 물은 산꼭대기에서 두 갈래로 나뉘어 흐르는데 그곳을 출발하면 영영 만날 수 없다고 하여 영원한 이별을 함의하고

---

13) 劉義慶, 『世說新語』, 「黜免」, "桓公入蜀, 至三峽中, 部伍中有得猿子者. 其母緣岸哀號, 行百餘里不去, 遂跳上船, 至便卽絕. 破視其腹中, 腸皆寸寸斷."

있다. 그리하여 그곳 물소리는 마치 사람의 애간장을 끊을 듯이 숨 죽여 우는 소리와 같다고 전한다. 원숭이와 농수 모두 애달픔과 서러움이 깃들어 있다. 이러한 이야기들로 인해 우리나라의 옛 시들에서도 슬픔을 표현하고자 할 때에 우리 산천에 있지도 않은 원숭이 울음소리와 농수가 종종 등장한다.

이백은 달과 술을 무척이나 좋아한 낭만적인 시인이었다. 그럼에도 불구하고 「추포가」에는 달과 술 대신 슬픈 고사를 간직한 경물들이 많이 등장한다. 달이 그의 이상을, 술이 그의 흥취를 보여 주는 것이라면, 이제 그에게는 이상도 흥취도 사라지고 오롯한 슬픔만이 자리하고 있기 때문이다. 그렇지만 시인은 자신의 슬픔이 마치 추포에 머물고 있기 때문이라는 듯 추포를 원망한다.

**추포가秋浦歌 제4수**

| | |
|---|---|
| 양 귀밑머리 추포에 와서 | 兩鬢入秋浦<br><sub>양 빈 입 추 포</sub> |
| 하루아침에 소슬하게 세어 버렸네. | 一朝颯已衰<br><sub>일 조 삽 이 쇠</sub> |
| 원숭이 울음소리 백발을 재촉해 | 猿聲催白髮<br><sub>원 성 최 백 발</sub> |
| 길고 짧은 것이 모두 실처럼 희었네. | 長短盡成絲<br><sub>장 단 진 성 사</sub> |

시인은 추포로 인해 양 귀밑머리가 소슬하게 세어 버린 것처럼 「추포가」 제4수를 시작하여 자신의 백발을 머무는 장소의 탓으로 돌리고 있다. 그것도 원숭이 울음소리로 인해 하루아침에 그렇게 되었다고 과장한다. 그러나 당시의 추포는 다른 지역보다 특별히 슬플 이유가 없는 고장이었음이 「추포가」의 여러 곳에서 확인되고 있다. 14수에는 "용광로의 불은 천지를 비추고/ 붉은 불꽃이 연기 속에 어지럽네"라는 구절이 있어서 역동적인 광산지역의 모습을 상상할 수 있고, 16수에서는 "아버지는 추포에서 물고기를 잡고/ 처자식은 흰 꿩을 잡으려고 깊은 대숲에 망을 치네"[14]라는 구절을 통해 주민들이 활기차게 생업에 종사하고 있는 모습을 그리고 있다. 이러한 내용들은 비록 이백의 비감을 담아내지는 못하고 있지만 당시 추포라는 공간을 확인하는 데는 매우 유효하다. 그럼에도 「추포가」 제4수에서 시인은 자신의 백발을 이용해 시적 공간을 비감으로 물들이며 여전히 추포를 탓한다.

젊은 시절 검은 머리로 백년해로를 약속했지만 어느새 찾아온 백발, 백발은 자신도 모르게 홀연히 흘러가 버린 세월을 안타까워하는 마음과 함께 쓸쓸한 노년의 이미지를 갖추고 있다. 저 유명한 「장

---

14) 「秋浦歌」 第14首, "爐火照天地, 紅星亂紫煙", 「秋浦歌」 第16首, "妻子張白鷴, 結罝映深竹."(王琦 注, 『李太白全集』, 423~424쪽)

진주」에서도 "그대는 보지 못했는가/ 고대광실 밝은 거울 속의 슬픈 백발/ 아침에 청사 같던 것이 저녁에 눈처럼 변해 버린 것을"15)이라고 노래했다. 백발이 곧 수심으로 여겨지면서 죽음을 향해 가고 있는 절망과 슬픈 정서를 동반하고 있다. 백발의 흰색은 오행사상에서 가을을 상징하고, 가을은 슬픈 이미지를 갖는다. 이처럼 긴밀한 내적 연계를 통해 비추감성을 형성한다. 그리하여 시인은 서러운 이들이라면 아예 추포로 오지 말라고 당부한다.

**추포가**秋浦歌 제10수

| | |
|---|---|
| 수천 그루의 석남수16)요 | 千千石楠樹<br>천 천 석 남 수 |
| 수만 그루 여정수17)의 숲이라. | 萬萬女貞林<br>만 만 여 정 림 |
| 산마다 백로가 가득 날고 | 山山白鷺滿<br>산 산 백 로 만 |
| 골마다 흰 원숭이 울음소리로다. | 澗澗白猿吟<br>간 간 백 원 음 |

---

15) 李白, 「將進酒」, "君不見. 高堂明鏡悲白髮, 朝如靑絲暮成雪!"
16) 『唐本草』에 의하면 석남수는 잎이 망초와 같고 겨울에도 시들지 않는다. 관중에서는 잎이 가느나, 강 이남에서는 잎이 길어 크기가 비파와 같다.(王琦 注, 『李太白全集』)
17) 顔師古의 『漢書註』에 의하면 여정수는 여름이나 겨울이나 늘 푸르러 시들지 않기 때문에 마치 여인의 절개가 있는 듯하다고 하여 이러한 이름을 붙였다고 한다.(王琦 注, 『李太白全集』)

그대는 추포로 오지 마시게 　　　　　　　　君莫向秋浦
　　　　　　　　　　　　　　　　　　　　　　　군 막 향 추 포

원숭이 울음소리에 나그네 마음만 찢어진다오. 　猿聲碎客心
　　　　　　　　　　　　　　　　　　　　　　　원 성 쇄 객 심

　이 작품에서는 우선 추포에 대한 사실적인 환경을 들여다볼 수
있다. 시에는 석남수와 여정수라는 구체적인 나무의 이름이 명시되
어 있는데, 이 나무들은 사철 푸른 상록수이다. 그 모습이 천천, 만
만으로 표현되어 있는데, 첩어의 사용이 숲의 무성함을 말해 주는
듯하다. 그 푸른 숲 위로 백로가 떼 지어 날아다니고, 골마다 원숭이
가 뛰어다닌다. 여기서 우리는 추포를 푸른 나무가 우거진 싱그러운
공간으로 상상할 수도 있다. 시인은 「추포가」 제6수에서도 "수심에
찬 추포의 나그네/ 애써 추포의 꽃을 보려 하네/ 산천은 섬현처럼
곱고/ 바람과 햇빛은 장사같이 아름답네"[18]라고 노래함으로써 추포
에도 아름다운 꽃이 피어나고 있으며, 섬계가 있어 섬현이나 소상
강, 동정호 등의 풍광을 간직한 장사와도 같다고 말하고 있다. 또한
3수에서는 "추포의 금타조는/ 인간세계나 천상에서도 드물어/ 꿩도
푸른 물에 비추기가 부끄러워/ 감히 깃털을 비추어 보지 못한다"라
고 하여 추포에도 아름다운 타조가 있다고 하였다.[19] 이러한 사실들

---

18) 「秋浦歌」 第6首, "愁作秋浦客, 強看秋浦花. 山川如剡縣, 風日似長沙."(王琦 注, 『李太
白全集』, 419쪽)

로 미루어 추포를 희망의 공간으로 아름답게 노래할 수 있었음에도 불구하고, 시인은 자신이 시름 많은 나그네이기 때문에 한편으로 추포에 무한한 고독과 슬픔을 부여하고 있다.

인간은 자신의 이상을 펼칠 방법이 없는 막다른 벽에 부딪혔을 때에 스스로의 생존을 위해 체념이라는 것을 한다. 체념의 의미를 사전에서 찾아보면 "희망을 버리고 아주 단념함"이라는 뜻도 지니고 있지만, 또 다른 의미로는 "도리를 깨닫는 마음"이라는 뜻도 지니고 있다. 즉 현실의 벽을 넘지 못함으로 인해 순수하게 모든 것을 단념하겠다는 의미를 지니고 있지만, 도리를 깨달아 그 현실을 뛰어넘는다는 초월성을 동시에 함유하고 있는 것이다. 인간에게 있어서 체념은 너무 당연하다는 것을 노자는 다음과 같이 말한다.

회오리바람은 하루아침을 넘기지 못하고, 소나기는 하루도 계속되지 못한다. 누가 이런 현상을 일어나게 하는가? 그것은 천지이다. 천지조차도 그것을 오래가게 하지 못하거늘, 하물며 사람이야 어떠하겠는가![20]

---

19) 「秋浦歌」第3首, "秋浦錦駝鳥, 人間天上稀, 山鷄羞淥水, 不敢照毛衣."(王琦 注, 『李太白全集』, 418쪽)
20) 『老子』, 23장, "飄風不終朝, 驟雨不終日. 孰爲此者, 天地. 天地尙不能久, 而況於人乎!"

최고의 덕을 갖춘 천지마저도 미흡함을 갖추고 있다고 말함으로써 인간의 힘이 얼마나 미미한 것인가를 강조한다. 그 미미한 인간의 삶을 이백은 추포의 맑은 호수를 통해 회고하고 성찰하였다. 때문에 푸르고 푸른 수천수만 그루의 석남수와 여정수 등 싱그러운 상록에도 시인의 비애를 흐르게 하고 있다.

**추포가**秋浦歌 제15수

| | |
|---|---|
| 백발은 길이가 삼천 장 | 白髮三千丈<br>백 발 삼 천 장 |
| 근심으로 인해 이같이 길어졌다네. | 緣愁似個長<br>연 수 사 개 장 |
| 모르겠구나! 밝은 거울 속 | 不知明鏡裏<br>부 지 명 경 리 |
| 어디서 가을 서리를 얻어 왔는지. | 何處得秋霜<br>하 처 득 추 상 |

이 시에서 시인은 자신의 머리가 온통 가을 서리를 뒤집어쓴 듯 하얗게 변해 있는 것을 보고 그 길이가 삼천 장으로 느껴질 만큼 강한 충격을 받는다. 그것은 곧 자신이 품고 있는 수심의 길이인데, 도대체 그 많은 수심을 어디서 얻어 온 것인지 모르겠다고 처연하게 탄식한다. 백발을 비추어 준 것은 거울이거나, 아니면 추포 호수의 맑은 물일 것이다. 어떤 대상을 통해 자신을 비추어 보는 행위는 회

고와 반성, 성찰의 의미를 띠기도 하는데, 이백은 자신의 모습을 비추어 보면서 과거를 회상했을 것이다. 가을 서리처럼 변해 버린 백발, 가을 서리는 주변의 모든 것을 시들게 만들어 결국은 죽음으로 몰아간다. 시인은 그러한 가을 이미지를 가진 시어들을 선택하여 자신의 슬픈 내면을 드러내었다. 그리하여 독자들로 하여금 추포를 가을날 어느 포구에서의 슬픈 이별처럼 비애가 가득 찬 공간으로 기억하게 만든다.

이백은 처음 정계입문을 위해 당시 대시인이었던 하지장賀知章을 만나 자신이 지은 「촉도난蜀道難」이라는 시를 보여 주었다. 그 시를 읽고 난 하지장은 이백의 재능에 탄복하면서 그를 하늘에서 유배 온 신선, 즉 적선인謫仙人이라고 부른다. 그리고 자신의 금구를 술로 바꿔 함께 마실 정도로 두터운 교분을 나누었다. 그 후 젊은 시절의 이백은 황제의 총신인 고력사로 하여금 자신의 신발을 벗기게 하고 나는 새도 떨어뜨릴 만큼 권세를 누리던 양귀비도 아랑곳하지 않았으니, 그 호쾌한 기백을 알고도 남음이 있다. 그런데 이제 그 기상은 간데없고 오직 백발의 한 노인이 처연한 모습으로 남아 있을 뿐이다. 그리하여 「추포가」에는 이백의 절대고독이 흐른다. 이백의 「추포가」에 나타나고 있는 비추감성의 요소를 정리해 보면 다음과 같다.

첫째, 높은 곳에 올라가 아래로 물을 굽어보는 등고임수의 행위이다. 이는 고전시가에서 줄곧 이별의 슬픔이라는 강한 상징성을 드러내는 행위인데, 이백도 자신의 내면적 슬픔을 구현하기 위해 이를 7차례나 이용하고 있다.[21]

둘째, 산과 물이라는 기본적인 공간 설정에 다시 슬픈 이미지를 갖춘 경물들을 재배치하였다. 이때 산에는 단장의 고사를 간직한 원숭이 울음소리를 4차례, 물에는 외로운 배를 3차례 등장시키고 있다.[22]

셋째, 백발을 한 시인 자신의 형상을 3차례, 흰색을 가진 경물의 이미지를 10차례나 이용하고 있다.[23] 백발은 죽음을 향해 가고 있는 안타까움과 쓸쓸함을 동반하면서도 수심과 등가로 여겨지는 상징물이다. 「추포가」에는 백로와 흰 원숭이, 서리, 흰 구름 등이 나오고 심지어 등장하는 달마저도 흰 달[24]로 나타남으로써 흰 색상을 통해 슬픈 감성을 전달한다.

이백의 이러한 뛰어난 시적 감각으로 인해 추포는 비추감성으로

---

21) 登高臨水의 행위는 「秋浦歌」의 1首, 2首, 3首, 5首, 12首, 13首, 16首에 나타나고 있다.

22) 山에 원숭이를 배치하고 있는 것은 「秋浦歌」의 2首, 4首, 5首, 10首이며, 강물에 배를 묘사하고 있는 것은 「秋浦歌」의 2首, 11首, 12首이다.

23) 시인 자신의 백발에 대한 형상은 「秋浦歌」의 2首, 4首, 15首에 나타나고 있으며, 흰색의 사용은 「秋浦歌」의 2首, 4首, 5首, 7首, 10首, 12首, 13首, 15首, 16首, 17首 등에 나타나고 있다.

24) 「秋浦歌」 第13首, "淥水淨素月, 月明白鷺飛."(王琦 注, 『李太白全集』, 423쪽)

가득 찬 공간으로 전향되면서 당대 비추감성의 완숙한 경지를 보여 준다. "이백이 죽고 난 후 강남의 풍경이 빛을 잃고 말았다"[25]라는 후인의 탄식도 그만한 이유가 있음을 알겠다.

---

25) 馬存, 「燕思亭」, "李白騎鯨飛上天, 江南風月閒多年."(『古文眞寶』 前集, 學民文化史, 1993, 162쪽)

## 3. 절절한 우국애민의 시성詩聖: 두보

두보杜甫(712~770)는 자신의 안위보다 쇠락해 가는 국가의 앞날을 더 걱정했고 고난에 찬 백성들의 생활을 대할 때면 마음으로 함께 울어 주었던 애국애민의 시인이다. 때문에 두보의 시집은 우리나라에서도 조선시대에 『두시언해杜詩諺解』로 간행되어 널리 권장되었던 책이다.

전통시대 대부분의 문인들이 그러했듯이 두보 또한 유가적 이상을 간직하고 독서파만권讀書破萬卷의 실력을 갈고닦아 세상에 높이 쓰이기를 희망하던 청운의 젊은이였다. 그러나 국가의 권력이 간신들의 손으로 넘어가면서 공정한 관리 선발이 이루어지지 않았고, 결국 두보가 과거 낙방의 쓰라림을 안고 실의에 잠겨 있을 때에 안녹산의 난이 일어난다. 국가의 환란은 시인의 일생을 더욱 참혹하게 만들었다. 전쟁을 피해 이리저리 떠돌아다니는 생활 중에 자식이 굶어 죽는 일을 겪었고 생계도 막막하였다. 그나마 머나먼 사천 땅에서 지인에 의탁해 잠시 평화로운 나날을 보내기도 했지만, 그것도 오래가지 못하였다. 그의 나이 54세 되던 해에 의탁하고 있던 엄무嚴武라는 절도사마저 세상을 떠나버리자 두보는 다시 고향인 장안으로 돌아가기 위한 여정에 오른다. 그러나 장안으로 돌아가는 길은 멀고도

험난하였다. 쇠약한 노년의 몸으로 힘든 뱃길을 따라 내려오다 극심한 병고까지 겹쳐 하는 수 없이 중도에 삼협 부근의 기주에 잠깐 머무르게 되는데, 그때 지은 작품이 「추흥」 8수이다.

**추흥秋興 제1수**

| | |
|---|---|
| 옥 같은 이슬 단풍 숲을 시들게 하니 | 玉露凋傷楓樹林<br>옥 로 조 상 풍 수 림 |
| 무산무협의 기운이 소슬하구나. | 巫山巫峽氣蕭森<br>무 산 무 협 기 소 삼 |
| 장강의 파도는 하늘까지 치솟고 | 江間波浪兼天湧<br>강 간 파 랑 겸 천 용 |
| 변방의 풍운은 땅에 어둑하게 드리웠네. | 塞上風雲接地陰<br>새 상 풍 운 접 지 음 |
| 국화 송이는 지난날의 눈물처럼 다시 피어나고 | 叢菊兩開他日淚<br>총 국 양 개 타 일 루 |
| 외로운 배는 고향의 그리움을 온통 묶고 있구나. | 孤舟一繫故園心<br>고 주 일 계 고 원 심 |
| 겨울옷 짓기 위해 곳곳에서 바느질 재촉하니 | 寒衣處處催刀尺<br>한 의 처 처 최 도 척 |
| 백제성 높은 곳까지 저녁 다듬이질 소리 급하네. | 白帝城高急暮砧<br>백 제 성 고 급 모 침 |

작품의 분위기는 침통하고 비장하기까지 하다. 공간적 배경은 장강삼협 중 무협 부근의 기주로, 오늘날 사천성 봉절현奉節縣에 속한다. 그곳은 이백의 「촉도난」에 묘사되었듯이 "푸른 하늘로 오르기보다 더욱 어렵다"는 곳이다. 그리하여 "황학도 넘어가지 못하고 원

숭이도 근심스러워 나뭇가지를 휘어잡는 곳"이라, "한 장수만 길목
을 지켜도 수만의 군대를 물리칠 수 있는" 험준하고 험준한 산악지
역이다.26)

　　이 시의 전반부는 무산무협의 가을 정경을 묘사하고 있는 사경
부분인데, 이슬을 맞아 시들어 가는 단풍 숲과 사납게 솟구치는 장
강의 파도, 어둑하게 드리워진 변방의 풍운 등이 모두 을씨년스럽고
비감스러운 분위기를 연출해 낸다. 후반부는 속절없이 흐르는 시간
속에서 고향으로 돌아가지 못하는 시인의 안타까운 마음이 묘사되
고 있는 서정 부분이다. 전체적으로 늦가을의 정경과 시인의 비감스
러운 내면이 비추감성을 형성하고 있다. 5, 6구인 경련은 여러 가지
해석을 낳고 있는데, 대표적인 것으로는 다음의 해석이 있다.

　　양개兩開는 두 해째 타향살이를 하고 있다는 의미이며, 타일他日은
　　지난날의 과거를 말하는 것으로, 과거를 회상하며 눈물을 흘리고
　　있는 상황이다. 즉 타향에서 두 해째 국화 송이가 피어나는 것을
　　보면서 시인과 국화가 함께 눈물을 흘리고 있는 물아일체의 정경
　　이다. 고주孤舟 또한 두보 자신을 형용한 것으로, 온통 고향을 그리
　　워하는 마음에 매여 있다는 뜻이기도 하고, 자신이 외로운 배에

---

26) 李白,「蜀道難」, "蜀道之難難于上靑天.……黃鶴之飛尙不得, 猿猱欲度愁攀援.……一夫
　　當關, 萬夫莫開."

앉아 고향으로 돌아갈 것을 생각한다는 의미이다.[27]

활짝 핀 국화꽃을 보는 것도 고향이 그리워 눈물짓게 하고, 파도에 출렁이고 있는 작은 배만 보아도 사향심이 일어난다. 가을날 타향에 홀로 있는 나그네에게는 모든 것이 수심이다. 그때 높은 곳까지 들려오는 다듬이 소리는 가족에 대한 그리움에서부터 다가올 겨울에 대한 걱정까지 더욱 착잡한 심경을 불러일으킨다. 그 소리를 들으며 서 있는 곳이 바로 유서 깊은 백제성이다.

백제성은 삼국시대 촉한의 슬픈 역사를 간직하고 있는 곳으로, 유비가 아우 관운장의 원수를 갚기 위해 오나라와 결전을 벌이다 패퇴하여 마지막 숨을 거둔 곳이다. 그곳에서 유비는 제갈량에게 촉한의 후일을 부탁하였고, 제갈량은 자신의 목숨이 다할 때까지 충성을 다하겠다고 맹세하였다. 한편 백제白帝는 가을을 주관하는 신의 이름이기도 하다. 봄을 주관하는 신인 청제靑帝가 희망을 상징하는데 비해, 가을을 주관하는 백제는 의로움을 상징하지만 쓸쓸한 이미지를 배제할 수 없다. 그리하여 백제성은 글자의 표면상 의미와 역사적인 위상에서 모두 슬픈 이미지를 간직하고 있다. 바로 그 자리

---

27) 周振甫 等 編著, 『錢鍾書"談藝錄"讀本』(上海敎育出版社, 1998), 151쪽.

에서 두보는 해 질 무렵의 다듬이 소리를 들으면서 착잡한 심경에
사로잡혀 돌아갈 줄 모르고 서 있는 것이다. 이러한 경물들을 통해
시인은 속절없이 흐르는 시간과, 고향으로 돌아가지 못하는 자신의
안타까움을 깊이 있게 반영해 내고 있으니, 이것이 곧 두보 비추미
학의 깊이이다.

### 추흥秋興 제2수

| | |
|---|---|
| 외로운 기주성에 해가 기울면 | 夔府孤城落日斜<br><sub>기 부 고 성 낙 일 사</sub> |
| 매번 북두성을 헤아려 장안을 바라보네. | 每依北斗望京華<br><sub>매 의 북 두 망 경 화</sub> |
| 원숭이 울음 세 번에 끝내 눈물 흘리는 것은 | 聽猿實下三聲淚<br><sub>청 원 실 하 삼 성 루</sub> |
| 뗏목 타고 사신 가는 일도 헛되었기 때문. | 奉使虛隨八月槎<br><sub>봉 사 허 수 팔 월 사</sub> |
| 화성28)에 향로 피우고 숙직할 일도 어긋나고 | 畫省香爐違伏枕<br><sub>화 성 향 로 위 복 침</sub> |
| 산 누각 분첩에는 슬픈 호가 소리만 감기네. | 山樓粉堞隱悲笳<br><sub>산 루 분 첩 은 비 가</sub> |
| 바위 위 덩굴 풀에 걸린 달을 보게나 | 請看石上藤蘿月<br><sub>청 간 석 상 등 라 월</sub> |
| 어느새 모래톱 앞 갈대꽃을 비추고 있다네. | 已暎洲前蘆荻花<br><sub>이 영 주 전 노 적 화</sub> |

---

28) 張忠綱·趙睿才·綦維 注譯,『杜甫詩選』, "화성은 원래 漢代의 상서성을 가리키나,
  시는 두보가 좌습유로 있을 때의 기억이니 이로 보아 문하성을 가리키는 것으로
  생각된다."

이 시의 시상 속에는 기주와 장안이라는 공간이 교차되고 있다. 문학작품에서 동일한 시간에 서로 다른 공간이 교차하고 있거나 동일한 공간에 서로 다른 시간이 교차되고 있다면, 그것은 고독감을 부각시키는 효과를 갖는다. 이 작품에서 기주는 해가 넘어가는 곳으로서 희망이 사라져 가는 공간이고, 장안은 떠오르는 별빛처럼 꿈에 젖은 이상의 공간이다. 시인은 몸은 기주에 머물고 있지만 마음은 한시도 장안을 떠나지 못한다. 그리하여 매번 북두성을 기준으로 방위를 헤아려 장안을 바라본다. 매每라는 글자가 그러한 슬픈 일상을 날마다 되풀이하고 있음을 짐작하게 한다. 두보에게는 이제 그 꿈의 공간으로 돌아갈 수 있는 희망이 차츰 멀어져 가고 있다. 두보의 고향은 장안 근처에 있는 두릉杜陵이었기 때문에 장안에 대한 그리움은 그 누구보다 절실했을 것이다. 그러한 고향에 돌아가 보지도 못한 채 삶이 끝날지도 모른다는 생각에 원숭이 울음소리가 세 번 끝나기도 전에 끝내 울음을 터트린다. 더구나 무협의 원숭이 울음소리는 너무나 구슬퍼서 세 번 울고 나면 누구라도 눈물이 옷을 적시지 않을 수 없다는 옛말이 있을 정도이니, 두보의 처지에서 듣는 그 울음소리는 가슴을 파고들었을 것이다.

시인은 1구에서 지는 해를 표현하기 위해 '낙일落日'이라는 단어를 쓰고 있는데, 이는 비슷한 의미의 '석양夕陽'이라는 단어와는 또

다른 이미지를 전한다. 석양이 부드럽고 낭만적인 분위기를 전해 준다면 낙일은 안타까움과 암담함의 이미지를 지니고 있어서 시인의 슬픈 마음을 드러내는 데에 보다 효과적이다. 원래 두보는 "훌륭한 관리가 되어 왕을 요순처럼 받들고 백성의 풍속을 돈후하게 하겠다"[29]라는 제세의 포부를 지니고 있었는데, 이제 그 재능을 펼쳐 보지도 못한 채 머나먼 변방에서 눈물 흘리는 쇠잔한 늙은이로 변해버렸다. 바위 위 덩굴 풀에서 모래톱 갈대꽃으로 달빛이 이동하는 오랜 시간 동안 미동도 않고 서 있는 노시인의 모습을 통해 그의 아픈 마음이 저 감겨드는 호가 소리보다 더욱 슬프게 울리고 있다.

### 추흥秋興 제4수

듣자니, 장안의 시국은 바둑판 같아서 　聞道長安似奕棋
　　　　　　　　　　　　　　　　　　 　　문 도 장 안 사 혁 기

평생 세상사 슬픔을 감당 못하겠네. 　　百年世事不勝悲
　　　　　　　　　　　　　　　　　　 　　백 년 세 사 불 승 비

왕후의 저택들은 모두가 새 주인이고 　王侯第宅皆新主
　　　　　　　　　　　　　　　　　　 　　왕 후 제 택 개 신 주

문무 의관들도 옛날과 다르네. 　　　　文武衣冠異昔時
　　　　　　　　　　　　　　　　　　 　　문 무 의 관 이 석 시

한창 관산 북쪽은 징과 북이 진동하는데 直北關山金鼓振
　　　　　　　　　　　　　　　　　　 　　직 북 관 산 금 고 진

---

29) 杜甫,「奉贈韋左丞丈二十二韻」, "致君堯舜上, 再使風俗淳."

서쪽으로 정벌 갈 거마의 공문은 늦기만 하네.[30]　　征西車馬羽書遲
　　　　　　　　　　　　　　　　　　　　　　　　정 서 거 마 우 서 지

차가운 가을 강에는 물고기도 적막한데　　　　　魚龍寂寞秋江冷
　　　　　　　　　　　　　　　　　　　　　　　　어 룡 적 막 추 강 랭

고향 땅의 추억들이 그리워지네.　　　　　　　　故國平居有所思
　　　　　　　　　　　　　　　　　　　　　　　　고 국 평 거 유 소 사

　이 시를 통해 당시 당나라의 상황을 그려볼 수 있다. 두보의 시
를 시사詩史라고 부르기도 하는데, 그만큼 당시의 상황을 생생히 증
언하고 있기 때문이다. "일반적으로 서구의 시가 공상의 산물인 데
비하여 중국 시는 현실을 묘사한다고 한다. 그리하여 중국의 시는
시인이 자신의 생활 속에서 일어난 사건과 경험, 그리고 거기서 발
생한 감정과 생각을 그대로 옮겨 적고 있기에 일종의 자전적 성격을
띠고 있다"[31]라는 평이 있는데, 두보의 시는 이와 같은 사실에 잘
부합한다. 빼앗겼다 수복하고 다시 빼앗겼다 수복하는 장안의 형세
를 바둑판에 비유하면서 인간세상의 무상함을 드러내고 계속되는
전쟁의 실상을 그려 내고 있다. 안사의 난이 일어난 후 적군에게 빼
앗겼던 장안은 곽자의郭子儀 장군에 의해 잠시 수복되었지만 토번의

---

30) 전쟁에서는 일반적으로 징소리(金)로 후퇴를 전달하고 북소리(鼓)로 전진을 전
　　달한다. 금고 소리가 진동한다는 것은 아직도 전쟁이 한창이라는 의미이다. 羽
　　書는 급한 공문을 전달할 때에 깃털을 꽂아 급함을 알린 것이다.
31) 가와이 코오조오 지음, 심경호 옮김, 『중국의 자전문학』(소명출판, 2002), 231쪽.

침입으로 다시 함락되었다가 재차 겨우 수복한 상태이다. 그야말로 무상한 현실이다. 그러한 전쟁의 와중에도 장안에는 대저택이 즐비하고 문무백관이 존재한다. 괴로운 것은, 아직도 관산 북쪽에서는 전쟁이 계속되어 백성들의 삶이 피폐해질 대로 피폐해졌음에도 정부의 대처가 늦기만 하다는 사실이다. 그때 시인이 할 수 있는 일이란 그저 찬 강물 속을 응시하면서 과거를 회상하며 눈물을 흘리는 일뿐이다.

찬바람이 불기 시작하는 가을은 고향에 대한 그리움이 더욱 절실해지는 때이다. 진나라 때의 고사로 다음과 같은 이야기가 전한다.

장한張翰이라는 사람은 낙양에서 대사마의 관직을 맡고 있었는데, 어느 날 불어오는 가을바람을 느끼고 문득 고향 오 땅에서 먹던 순채국과 농어회가 그리워졌다. 그리하여 '인생이란 모름지기 원하는 대로 사는 것이 귀한 것이지, 어찌 관직에 얽매여 수천 리 밖에서 명예와 작위를 구할 것인가? 하고 관직을 그만두고 귀향을 결행했다.[32]

그 후 전란이 일어나 많은 사람들이 연루되어 죽었지만 장한은

---

32) 『晉書』, 「文苑傳」, "翰因見秋風起, 乃思吳中菰菜, 蓴羹, 鱸魚膾. 曰, '人生貴得適志, 何能羈宦數千里以要名爵乎', 遂命駕而歸."

진작에 고향으로 돌아갔기 때문에 화를 면할 수 있었다고 한다. 이 일이 있고 난 후 '순로지사蓴鱸之思', '추풍사로秋風思鱸' 등의 성어가 생겨나면서 가을바람은 고향을 떠난 문사들에게 사향심을 촉발하는 상징성을 갖게 되었다.

**추흥秋興 제7수**

| | |
|---|---|
| 곤명지의 물은 한나라의 공이니 | 昆明池水漢時功<br><small>곤 명 지 수 한 시 공</small> |
| 무제의 깃발이 눈앞에 보이는 듯. | 武帝旌旗在眼中<br><small>무 제 정 기 재 안 중</small> |
| 직녀는 베를 짜며 공연히 달밤을 새우고 | 織女機絲虛夜月<br><small>직 녀 기 사 허 야 월</small> |
| 돌고래 비늘은 가을바람에 일렁이네.[33] | 石鯨鱗甲動秋風<br><small>석 경 인 갑 동 추 풍</small> |
| 파도에 뜬 수초는 검은 구름이 잠긴 듯하고 | 波漂菰米沈雲黑<br><small>파 표 고 미 침 운 흑</small> |
| 찬 이슬 맺힌 연밥은 분홍 꽃잎을 떨어뜨렸겠지. | 露冷蓮房墜粉紅<br><small>노 랭 연 방 추 분 홍</small> |
| 변방의 먼 하늘에는 오직 새들만 날고 | 關塞極天唯鳥道<br><small>관 새 극 천 유 조 도</small> |
| 강호 천지엔 늙은 어부 한 사람. | 江湖滿地一漁翁<br><small>강 호 만 지 일 어 옹</small> |

이 작품은 장안에 있는 곤명지昆明池의 모습을 회상하며 쓴 것이

---

33) 石鯨鱗甲은 옥을 다듬어 만든 고래의 형상인데, 풍우와 뇌성이 휘몰아치는 날이면 소리를 내며 지느러미와 꼬리를 쳤다는 전설이 전한다.

다. "곤명지는 한나라 때 무제가 곤명국을 정벌할 수군을 훈련시키기 위해 만든 장안 근교의 거대한 인공 연못으로, 두보가 살던 시기까지 수전의 훈련을 위해 전선을 매 두었다. 연못 좌우에는 견우와 직녀를 조각한 석상과 돌을 다듬어 만든 고래가 있었다."[34] 시인은 곤명지에 가을이 들어 붉은 꽃잎이 지고 튼실한 연밥만 남아 있을 연꽃과 구름 그림자처럼 어른거리고 있을 수초의 모습을 상상한다. 또 그 연못가에는 달빛 아래 베를 짜는 직녀상과 가을바람에 비늘을 움직인다는 이야기를 가진 돌고래의 형상이 있었다. 그 아름다운 곤명지의 경관을 과연 다시 볼 수 있을 것인가? 곤명지에 대한 생생한 묘사가 고향에 대한 시인의 그리움을 또렷하게 전달하면서 독자들로 하여금 안타까움에 젖게 한다. 우리 삶에는 그림자처럼 따라다니는 비극성이 도사리고 있다. 사람은 태어나면서부터 죽을 때까지 빈부의 차이, 인품의 고하를 막론하고 고통과 슬픔을 떠날 수 없는 존재라고도 한다. 그리하여 장자는 "사람이 살아간다는 것은 근심과 함께 살아가는 것이다"(人之生也與憂俱生)라고 하였으며, 옛사람들도 "백년 채우지 못하는 인생에 천년의 근심을 안고 살아간다"(生年不滿百, 常懷千歲憂)라고 노래하였다.

---

34) 張忠綱·趙睿才·綦維 注譯,『杜甫詩選』. 현재 陝西省박물관에는 그 돌고래의 유물이 보관되어 있다.

시인은 기주에서 오늘을 살고 있지만 머릿속은 늘 과거의 장안으로 가득 차 있다. 이러한 시공간적 대비가 두보 「추흥」 비추의 특징이기도 하다. 어느 현자의 말처럼 같은 강물에 두 번 발을 담글 수 없듯이 우리는 오직 현재만을 살 수 있다. 그럼에도 불구하고 사람들은 과거와 미래를 머리에서 지우지 못한다. 현실과 이상의 간극이 크면 클수록, 현재의 고난이 극복하기 어려울수록 과거에 집착하고 미래에 절망하는 내면을 갖기 쉬울 것이다.

두보의 「추흥」에 나타나고 있는 비추미학의 요소를 정리해 보면 다음과 같다.

첫째, 등장하고 있는 자연 경물은 이백의 「추포가」와 크게 다르지 않다. 산과 물이라는 기본적인 공간 설정에 쓸쓸하고 고독한 이미지를 갖는 낙엽, 갈대, 달빛, 원숭이 울음소리, 작은 배, 늙은 어옹, 차가운 강물 속의 물고기 등이 배치되어 비추감성을 형성한다. 여기에 기주와 장안이라는 공간적 대비와, 과거와 현재라는 시간의 대비를 통해 슬픔의 깊이를 심화시키고 있다. 두보는 고독한 변방과 화려한 수도, 그리운 과거와 고통스러운 현재의 대비적 표현을 여러 차례 이용함으로써 그리움과 절망감을 선명하게 부각시켜 내었다.[35]

둘째, 백제성, 곤명지, 장안의 궁궐 등 슬픈 이미지를 갖는 역사적

의상을 두루 이용하여 비장함과 침울함을 더욱 유장하게 조성한다.

셋째, 시인은 자신의 시선을 자주 공간의 하향으로 이동함으로써 희망을 상실한 절망감을 드러내고 있다. 「추흥」제2수에서는 하늘에서 허공으로, 바위 위에서 모래톱으로 향하고 있으며, 「추흥」제4수에서는 차가운 강물 속을 응시하며 내면의 슬픔을 흐르듯이 전한다. 이렇듯 두보의 탁월한 시적 감각으로 인해 「추흥」의 시공간은 비추감성으로 물들고 있다.

---

35) 「秋興」 第4首에서 第8首.(仇兆鰲 注, 『杜詩詳注』, 1489~1498쪽)

제6장 가을의 생명력과 가을문화

가을 감성은 고정불변한 것이 아니라 외부의 요인들에 의해 끊임없이 변화해 왔다. 중국문화의 정체성을 형성하던 한대에 가을과 의로움, 분노의 정서를 결합시키려는 사상사적인 노력이 있었음에도 불구하고 끝내 이를 무력화시키며 가을과 슬픔이 결합한 비추감성이 보편화되기에 이른 것은 가을 정경이라는 자연의 모습에서 얻어지는 유비성과 함께 유구한 문학적 전통이 힘을 발휘한 결과였다. 그러한 요인들로 인해 위진남북조시대에 이미 사회적 대중성을 확보한 비추감성은 당대에 이르러서는 심화된 문학적 미학으로서의 면모를 갖추게 된다.

당대에는 가을에 슬퍼하는 것이 하나의 계절병으로 유행할 만큼 비추감성이 만연하였다. 그렇지만 그러한 상황 속에서도 가을에서 슬픈 이미지를 극복하고 새로운 생명력을 찾으려는 노력이 꾸준히 시도되고 있었으니, 당대에 그러한 두 줄기의 문학적 경향을 확인해 주는 것이 이백의 시구 "나는 가을 흥취의 빼어남을 느끼는데, 누가 가을을 수심 겹다 하는가?"[1]이다. 이를 통해 가을에서 빼어난 흥취를 찾고자 하는 시인의 노력과 비추감성에 젖어 있는 문인들의 일반적 경향을 동시에 읽어 낼 수 있다.

---

[1] 李白, 「秋日魯郡堯祠亭上宴別杜補闕范侍御」, "我覺秋興逸, 誰云秋興悲?"

이처럼 당대 이후에는 가을 이미지에 새로운 생명력을 주입하려는 노력이 여러 문인들에 의해 시도되고 있었다. 그때 가을 이미지와 결합한 신선한 감성은 주로 상쾌함, 한아閒雅함, 풍요에서 오는 여유로움 등이었다. 이는 당대에 유행한 불교 선종과 도교 등의 영향으로 개인의 내적 체험이 중시되면서 시인들이 스스로의 마음가짐을 편안하게 가지려 노력함으로써 얻어진 결과이기도 하고, 또한 무엇보다 가을은 결실의 계절이라는 오랜 인식의 결과였다. 가을에는 오곡을 비롯한 농작물과 온갖 과일들, 산야의 작은 나무들까지 모두 열매를 맺는다. 그리하여 고래로 가을은 수확의 시기로 추수감사의 제천행사를 올리는 계절이었다. 이러한 요인들로 인해 가을에 대한 긍정적인 감성이 면면히 이어지면서 문인들로 하여금 가을에 대한 기상을 다시 노래하게 한 것이다.

한편 문학작품 속에는 작가의 삶과 더불어 총체적인 사회상이 녹아들기 때문에 각 시대의 다양한 문화적 습속들이 깃들게 된다. 특히 어떤 경우는 우연한 기회에 한 번 작품 속에 등장하였다가 전통을 정통으로 인정하려는 중국 문인들의 보수성과 연계되어 수많은 작품으로 전이되고 확대 재생산되면서 보편적인 대중문화로 자리하게 되기도 하였다. 가을과 관련한 문화들 또한 이러한 과정을 거쳐 가을문화의 전통으로 자리한 경우가 많다. 예컨대 고대 어느

한 시기 높은 곳으로 올라가 액운을 피했던 한 사람의 이야기에서 등고登高의 전통이 시작되어 중양절이라는 대표적인 가을 풍속이 만들어지고, 또한 한유가 아들에게 쓴 편지글에서 등화가친이라는 말이 시작되어 결국 가을을 독서의 계절, 사색의 계절로 만들고 나아가 창작의 욕구를 유발하는 문학의 계절, 시의 계절로까지 인식하게 하였다. 이러한 가을문화의 유습들을 추시 속에서 찾아보고자 한다.

# 1. 가을의 기상

당대에는 유·불·도 사상이 조화롭게 합류하고 또한 개방적이고 화려함을 추구하던 당시의 문화적 분위기가 작용하면서, 일부 문인들은 전통적인 비추감성의 구속으로부터 벗어나려는 노력을 시도하였다. 그리하여 그들은 추시 속에 자신들의 기개와 생동적인 삶의 여유를 담아내며 가을 감성의 창신創新을 이룩하였다. 그들의 작품에서는 가을 이미지에서 슬픈 정서가 걷어지고 희망적이고 씩씩한 기상이 드러나기 시작하였다. 그러한 경향과 관련하여 먼저 유우석劉禹錫의 작품을 살펴본다.

추사秋詞 제1수

| | |
|---|---|
| 예로부터 가을이면 고독함에 슬퍼하지만 | 自古逢秋悲寂寥<br>자 고 봉 추 비 적 료 |
| 나는 가을이 봄날보다 낫다 말하리. | 我言秋日勝春朝<br>아 언 추 일 승 춘 조 |
| 맑은 햇살에 기러기 한 줄 구름 가르고 솟구치니 | 晴光一雁排雲上<br>청 광 일 안 배 운 상 |
| 곧 내 시의 흥취도 푸른 하늘에까지 이르네. | 便引詩情到碧霄<br>편 인 시 정 도 벽 소 |

유우석(772~842)은 백거이와 같은 해에 태어나 일찌감치 과거에

급제하여 관료가 되었다. 31세 때에 벌써 감찰어사에 발탁되는 등 순조로운 엘리트의 길을 걷는 듯하였다. 그러나 그는 정치개혁을 추진하다 강직한 성품으로 인해 좌천되어 연주連州, 기주夔州, 화주和州, 소주邵州 등 여러 지방을 전전하게 된다. 그렇지만 그는 자신의 기개를 굽히지 않고 오히려 더욱더 호방한 기상의 작품을 창작하며 자신의 성품을 지켜내었다.

이 시는 파란 가을 하늘로 비상하는 기러기 떼를 보면서 순간 뭉클하게 찾아드는 시상을 표현해 내고 있다. 기러기는 원래 전통적으로 고향에 대한 그리움이라는 이미지를 간직하고 있는데, 유우석은 그러한 이미지를 일거에 극복하고 기러기에게서 오히려 경쾌하고 발랄한 생명력의 이미지를 이끌어 낸다. 광활한 창공으로 유유히 날아가는 기러기 떼, 이를 보고 절로 흥취가 끓어오르는 시인, 상쾌한 가을 정경과 호쾌한 시인의 기상이 조화롭게 펼쳐지고 있다. 유우석의 호방한 성품은 그의 작품 「누실명陋室銘」에도 잘 드러난다. "산의 빼어남은 높은 데 있지 않으니 신선이 있으면 명산이요/ 물의 영험함은 깊은 데 있지 않으니 용이 있으면 신령하다네/ 이곳 비록 누추한 집이나 오직 내 덕으로 향기롭네/…… 남양 제갈공명의 초가집이나 서촉 양자운의 정자와 같으니/ 공자께서도 군자가 거처하니 무슨 누추함이 있겠느냐 하셨지."2) 자신의 집을 제갈량과 양웅의 거

처에 비유하며 강한 자부심과 굽힐 줄 모르는 호남아의 기상을 유감
없이 발휘하고 있다.

추사秋詞 제2수

| | |
|---|---|
| 산수가 맑고 깨끗한데 밤사이 서리 내려 | 山明水淨夜來霜<br>산 명 수 정 야 래 상 |
| 몇 그루 노란 잎들에 붉은색이 도드라졌네. | 數樹深紅出淺黃<br>수 수 심 홍 출 천 황 |
| 높은 누대에 오르자 청기가 뼛속까지 스며드니 | 試上高樓淸入骨<br>시 상 고 루 청 입 골 |
| 어찌 사람 미치게 하는 봄빛과 같겠는가! | 豈如春色使人狂<br>기 여 춘 색 사 인 광 |

이 시는 가을의 청고함을 예찬하고 있다. 꽃과 나비가 분방한 봄
날은 아름답기는 하지만 왠지 모를 속기가 스며 있어 광증이 도지게
한다. 그러나 맑고 상쾌한 가을 햇살은 대쪽 같은 선비의 인품 같아
서 뼛속까지 시원하게 만드는 기상이 있다. 밤새 내린 가을 서리마
저도 이 시에서는 고난의 상징이 아니라 아름다운 단풍을 만드는
깨끗한 경물로 인식되고 있다.

유우석은 이처럼 가을에서 기상을 부각시키고 있다. 그렇다면

---

2) 劉禹錫,「陋室銘」, "山不在高有仙則名, 水不在深有龍則靈. 斯是陋室惟吾德馨. ……南陽
諸葛廬, 西蜀子雲亭, 孔子云, 何陋之有."

그가 가을의 기상을 노래하게 된 인식의 전환은 어디에 뿌리를 두고 있는 것일까? 이는 아마 가을을 죽음으로 가는 길목이 아니라 지난 계절을 잘 갈무리하였다가 새로운 생명을 탄생시키는 봄으로 이어주는 순환의 고리로 자각했기 때문에 가능했을 것이다. 가을이 되면 몸에 있는 물기를 최대한 털어 내고 가지에 달린 잎마저 고운 색으로 날려 보낸 후 새로운 생명을 잉태하기 위해 동면의 길을 가는 가을 나무의 시련을 시인은 깊이 이해하고 있었을 것 같다.

다음은 두목杜牧의 작품이다.

### 장안추망長安秋望

| | |
|---|---|
| 누대는 서리 맞은 나무를 둘러 의젓하고 | 樓倚霜樹外<br>누 의 상 수 외 |
| 거울 같은 하늘에는 티끌 한 점 없네. | 鏡天無一毫<br>경 천 무 일 호 |
| 남산과 가을빛 | 南山與秋色<br>남 산 여 추 색 |
| 둘 모두 기세가 높아만 가네. | 氣勢兩相高<br>기 세 양 상 고 |

두목(803~852)은 만당시기의 문인으로, 잘생긴 용모와 당당한 풍채로 수많은 여인들의 마음을 설레게 했던 시인으로 전해진다. 그가 수레를 타고 거리를 지날 때면 여인들이 귤을 던져 수레를 가득 채

웠다고 하니 가히 그의 인기를 짐작할 수 있다. 특히 두목은 술을 좋아하여 기루를 자주 드나들었다고 스스로 고백한다. "호탕하게 강남에서 술을 먹고 노니나니/ 가는 허리 섬세한 여인들 손바닥 위에서 춤출 정도/ 십 년 만에 양주의 꿈에서 깨어나 보니/ 얻은 것은 청루에서 박하다는 이름뿐."3) 이 시를 통해 풍류가객의 자질을 유감없이 발휘했던 두목의 면모를 읽을 수 있다. 그러나 두목은 풍류객의 자질만 있었던 것이 아니라 사회현실에 대해서도 투철한 신념을 지닌 우국지사이기도 했다. 당시의 황제였던 경종敬宗이 화려한 궁전을 짓고 수많은 미녀들을 후궁으로 들이자 그는 「아방궁부阿房宮賦」를 지어 황제를 풍간하였다. 봉건시대에 이러한 창작행위는 아무나 할 수 없는, 큰 용기를 필요로 하는 일이었다.

이 시는 수도 장안의 가을 풍경을 감상하며 지은 것으로, 시적 의경이 청신하고 심원하다. 서리 맞은 나무들 위로 티끌 한 점 없는 파란 하늘이 펼쳐져 있는데, 남산과 하늘빛이 서로의 기세를 경쟁한다. 이처럼 가을에서 기상을 찾던 시인은 「산행山行」이라는 시에서도 "수레 멈추고 저물녘 단풍 숲에 빠져드나니, 서리 맞은 잎이 이월 봄꽃보다 더 붉구나"(停車坐愛楓林晚, 霜葉紅於二月花)라고 노래하여 가을

---

3) 杜牧, 「遣懷」, "落拓江南載酒行, 楚腰纖細掌中輕. 十年一覺揚洲夢, 贏得靑樓薄倖名."

의 아름다움을 예찬한다. 이처럼 두목은 가을에서 비추감성을 극복했을 뿐 아니라 다른 계절에 결코 밀리지 않는 기상과 미를 찾아내고 있다.

다음 작품들은 『흠정사고전서欽定四庫全書』에 수록된 『영물시선詠物詩選』 중 「추시」편에 실려 있는 것들로, 모두 가을의 낭만과 풍요로움을 예찬하고 있다. 먼저 정개鄭槩의 작품이다.

### 맹추孟秋

| | |
|---|---|
| 강남의 초가을 | 江南孟秋天<br>강 남 맹 추 천 |
| 벼꽃은 희기가 털방석 같네. | 稻花白如氈<br>도 화 백 여 전 |
| 흰 팔뚝은 새 연뿌리를 부끄럽게 하고 | 素腕慚新藕<br>소 완 참 신 우 |
| 남은 화장에도 저녁 연꽃이 시샘하네. | 殘粧妬晚蓮<br>잔 장 투 만 련 |

짧은 오언절구의 시상 속에 건강한 강남의 모습이 싱그럽게 펼쳐진다. 초가을 들판에는 한창 여물어 가는 벼꽃이 광활하게 출렁거리고 있으며, 그 한쪽 연못에는 생기 넘치는 아가씨들이 연을 캐고 있다. 그녀들의 팔뚝은 연뿌리가 부끄러울 정도로 새하얗고, 미모는 붉은 저녁노을 아래서 하늘거리는 연꽃이 오히려 시샘할 정도로 곱

다. 노동하는 여인들이 있어 강남의 가을 정경은 한결 건강하고 생생하다. 가을이 낭만과 풍요로움의 계절로 그려지고 있다.

다음은 유번劉蕃의 작품이다.

### 계추季秋

| 강남의 늦가을 | 江南季秋天<br><small>강 남 계 추 천</small> |
| --- | --- |
| 밤은 주먹만큼 실하게 여물었네. | 栗實大如拳<br><small>율 실 대 여 권</small> |
| 단풍잎은 붉은 노을이 일어나는 듯 | 楓葉紅霞舉<br><small>풍 엽 홍 하 거</small> |
| 갈대꽃은 흰 파도가 몰려오는 듯. | 蘆花白浪穿<br><small>노 화 백 랑 천</small> |

스무 글자 속에 풍요로운 가을이 익어 가고 있다. 토실토실 여문 밤은 사람의 주먹만큼이나 굵고, 서산으로 넘어가는 노을이 황홀한 매력을 발산하듯 늦가을 낙엽이 불타오르고 있다. 바람이 불어올 때마다 일제히 고개를 숙이는 고운 갈대꽃 또한 마치 흰 물결이 밀려드는 것 같은 장관을 연출한다. 노을과 갈대는 자칫 슬픈 감성을 유발할 수 있는 경물임에도 불구하고 그 움직임에 역동적인 기세를 부여함으로써 오히려 풍요로움과 낭만적인 감성을 부여하였다.

가을에 대한 이러한 긍정성은 백거이白居易에 의해 일상생활 속으로 들어온다.


초동린招東鄰

작은 통에 술 두 되 담고                   小榼二升酒
                                        소 합 이 승 주

여섯 자 평상에 새 돗자리 깔아 두었네.      新簟六尺牀
                                        신 점 육 척 상

저녁에 담소나 나누게 올 수 있겠나?         能來夜話否
                                        능 래 야 화 부

연못가엔 서늘한 가을 기운이 들려 하네.      池畔欲秋凉
                                        지 반 욕 추 량


평범하지만 멋스러운 일상이 담겨 있다. 평이한 시어를 구사해
하인들까지 자신의 작품을 이해할 수 있게 만들었다고 하는 백거이
는 자신의 이름만큼이나 편안하고 긍정적인 삶을 살았다. 짐짓 대수
롭지 않은 말투로 친구를 초대하고 있지만, 이미 술과 깨끗한 자리
를 마련해 둠으로써 거절할 수 없는 정성을 보인다. 백거이의 음주
시를 연구한 어떤 학자는 "백거이는 술로써 인생의 진실을 통찰하
고 있으며, 그의 음주는 자신의 균형감을 보여 주는 달관의 즐거운
음주"4)라며 그의 애주가로서의 면모를 부각하였다. 가을 기운으로

---

4) 윤석우, 「飮酒詩에 나타난 中國詩人의 精神世界—陶淵明, 李白, 白居易를 중심으로」
   (연세대 박사학위논문, 2004), 187쪽.

연못가가 시원해지자 시인은 벗을 초청한다. 그러한 낭만적인 정취는 여름이 물러가고 산들산들한 가을바람이 불어올 때가 제격이다. 그처럼 가을의 참맛을 알았던 백거이였기에 사람들은 그를 가을을 대표하는 시인으로 꼽기도 한다.[5] 일상에서의 이러한 여유는 일견 사소해 보이기도 하지만 누구나 부릴 수 있는 것이 아니다. 초탈한 사고로 주어진 일상에 만족하고 깊이 감사할 줄 알았던 백낙천白樂天이기에 가능했을 것이다. 삶의 여유는 그만큼 욕망의 그물에서 벗어난 사람만이 느낄 수 있기 때문이다. 초대받은 친구와 밤새 도란도란 인생의 정리와 자연의 이치에 대해 격조 있는 대화를 나누었을 시인이 부럽다.

이처럼 당대 추시의 한 경향에는 비추감성이 걷어지고 오히려 가을의 풍요로움과 희망을 노래한 신선한 가을 감성이 불고 있었다.

---

5) 邱燮友 編著, 安秉烈 譯, 『韓譯唐詩三百首』(啓明大出版部, 1995), 8쪽, "吳經態가 지은 『唐詩四季』에는 四季를 대표하는 시인들을 구분해 놓았는데, 가을을 대표하는 시인으로는 白居易, 韓愈를 포괄하여 그들 두 사람과 같이 노래 불렀던 시인들까지이다."

## 2. 등화가친의 계절과 낙엽 편지

산야가 고운 가을 색으로 번지기 시작하면 사람들은 또다시 독
서의 계절, 문학의 계절이 돌아왔다고 외쳐 대며 들뜬 마음을 애써
가라앉히려고 노력한다. 이처럼 가을을 사색의 계절로 받아들이는
까닭은 중당시기의 문장가 한유韓愈와 관계가 있다. 그는 자신의 아
들에게 주는 편지글에서 "이제 가을이 되어 장마가 그치고 서늘한
기운이 들판에서 일어나니, 등불을 가까이하고 책을 펼칠 만하다"[6]
라고 독서를 권면하였는데, 우리에게 익숙한 등화가친의 계절은 바
로 여기에서 유래하였다. 실상 가을이면 단풍 나들이로 인해 오히려
다른 계절보다 독서를 하지 않는다는 통계를 본 적이 있기는 하지
만, 어쨌든 우리는 가을을 독서의 계절, 사색의 계절이라 부르는 데
별 거부감을 갖지 않으며, 한 걸음 나아가 가을이 깊어감에 따라 누
군가에게 편지를 쓰고 싶은 마음의 충동을 느끼기도 한다.

가을을 낭만적인 계절로 받아들이는 이유에는 그럴만한 문인들
의 전통이 자리하고 있다. 가을이면 시흥이 솟구쳐 올라 미친 듯 시
가를 쓰고 싶다고 고백한 시인들이 유달리 많았기 때문이다. 양귀비

---

6) 韓愈, 「符讀書城南」, "時秋積雨霽, 新凉入郊墟, 燈火稍可親, 簡編可卷舒."

와 당 현종의 사랑 이야기를 「장한가」라는 명편으로 끌어올린 백거이는 "누각은 아름다운 손님에게 어울리고/ 강산은 좋은 시 속으로 들어오네"[7]라고 하여 가을 풍경이 저절로 시를 만들어 내는 것처럼 노래하였고, 장적張籍 또한 "산의 정취는 달로 인해 깊어지고/ 시의 언어는 가을 되어 격조 더욱 높아지네"[8]라고 하여 가을에는 시의 풍격이 저절로 높아지는 것처럼 표현하였다. 이러한 문인들의 고백이 가을을 문학의 계절로 받아들이게 하는 이유가 되었을 것이다. 이러한 경향의 작품을 살펴보는데, 먼저 은문규殷文珪의 작품이다.

### 강남추일江南秋日

| | |
|---|---|
| 물 많은 남국은 예로부터 도인의 마음에 맞아 | 水國由來稱道情<br>수 국 유 래 칭 도 정 |
| 야인이 그곳을 지나면 홀연 정신이 맑아진다네. | 野人經此頓神淸<br>야 인 경 차 돈 신 청 |
| 거죽배에서 가을비를 만나 잠에서 깨어 보니 | 一篷秋雨睡初起<br>일 봉 추 우 수 초 기 |
| 벼루엔 찬 구름 아른거리고 시는 아직 이루지 못했네. | 半硯冷雲吟未成<br>반 연 냉 운 음 미 성 |
| 푸른 삿갓 쓴 꼬마 어부의 드리운 대나무 낚싯대와 | 靑笠漁兒筒釣沒<br>청 립 어 아 통 조 몰 |
| 붉은 옷의 마름 캐는 여인의 가뿐한 돛을 그리네. | 蒨衣菱女畫橈輕<br>천 의 능 녀 화 요 경 |

---

7) 白居易,「江樓早秋」, "樓閣宜佳客, 江山入好詩."
8) 張籍,「和左司元郎中秋居」, "山情因月甚, 詩語入秋高."

얼음 같은 흰 비단에 강남의 풍경과 시를 지어
한림원에 있는 마장경에게 보내려 하네.

氷綃寫上江南景
빙초사상강남경

寄與金鑾馬長卿
기여금란마장경

시인은 자신이 머물고 있는 강남지방의 아름다운 자연풍광을 그
린 후 그 한켠에 시를 지어서 조정에 근무하는 벗에게 부치려고 한
다. 강남은 예로부터 물이 많고 기후도 따뜻하여 각종 물산이 풍부
하였다. 그런 지역에서 시인은 배를 타고 노닐며 낭만적인 가을의
한때를 즐기고 있다. "서신을 받을 대상이 마장경이라고 하였는데,
아마도 그는 마대馬戴일 것으로 추정된다. 마대는 작가와 같은 만당
시대 사람으로 태학박사를 지냈다."9) 시 속의 작가는 거죽배, 즉 덮
개가 있는 작은 배를 타고 강남지방을 여행하다가 깜박 잠이 들었
다. 그러다 갑자기 쏟아진 가을비를 만나 잠에서 깨어났는데, 사방
을 둘러보니 비는 벌써 개고 파란 하늘에 뭉게구름이 흘러가고 있
다. 그 구름의 그림자가 자신이 글을 쓰려고 준비해 두었던 벼루의
작은 물속에 비쳐 일렁이고 있다. 시인의 한가로운 일상이 한 폭의
강남 풍경을 이룬다.

다음은 큼지막한 낙엽을 따서 그 안에 시를 적어 벗의 안부를

---

9) 『唐詩百科大辭典』(明日報出版社, 1994), 1384쪽.

묻는 관휴貫休 스님의 작품이다.


**추흥기윤공**秋興寄胤公

바람 소리 대숲에서 힘차게 우는데

청량한 기운이 몸으로 스며드네.

누가 한가로운 마음을 지니고 있는가?

강변에서 물을 보며 걷는 이라네.

먼 마을에는 단풍나무가 아득하고

광활한 들판에는 흰 안개 자욱하네.

파초 잎을 따서

시를 써 축경에게 안부를 묻네.

風聲吹竹健
풍 성 취 죽 건

凉氣著身輕
양 기 착 신 경

誰有閒心去
수 유 한 심 거

江邊看水行
강 변 간 수 행

邨遥紅樹逈
촌 요 홍 수 형

野闊白煙平
야 활 백 연 평

試裂芭蕉片
시 열 파 초 편

題詩問竺卿
제 시 문 축 경


관휴는 당말에서 오대십국시대를 살았으며 그림과 시에 모두 뛰어났다고 한다. 고요한 자연 속에서 수련생활을 하고 있지만 가을이 되자 벗이 그립다. 그리하여 파초 잎 한 장을 뚝 따서 그 안에 깨알처럼 시를 적어 벗에게 부치고자 한다. 받는 이는 축경이라고 하였는데 그 또한 수도생활을 하는 스님으로 추측된다. 이러한 정서는 오늘날 우리들의 가슴에도 깊이 남아 있다. 가을이 오는가 싶으면 어느새 "가을엔 편지를 하겠어요. 누구라도 그대가 되어 받아 주세요" 하는 고운 노랫말이 거리마다 울려 퍼지는 것을 곧 잘 들을 수 있기 때문이다.

다음은 낭사원郞士元의 작품이다.

## 수소이십칠시어초추언회酬蕭二十七侍御初秋言懷

| | |
|---|---|
| 초 지방 나그네 가을이라 흥이 많은데 | 楚客秋多興<br>초 객 추 다 흥 |
| 강 숲에는 달빛이 점차 돋아나네. | 江林月漸生<br>강 림 월 점 생 |
| 가는 가지에서 차가운 잎이 흔들리고 | 細枝凉葉動<br>세 지 양 엽 동 |
| 아득한 포구에는 이른 기러기 소리 들리네. | 極浦早鴻聲<br>극 포 조 홍 성 |
| 전날 저녁 빼어난 경치를 보아 | 勝賞暌前夕<br>승 상 규 전 석 |
| 새로 시를 지어 멀리서 정을 보내네. | 新詩報遠情<br>신 시 보 원 정 |
| 그대는 격조가 높아 화답하기 부끄러우니 | 曲高慚和者<br>곡 고 참 화 자 |
| 민망함으로 가난한 집 사립문을 닫네. | 惆悵閉寒城<br>추 창 폐 한 성 |

이 시는 친구가 편지를 보내와 답장으로 쓴 시이다. 제목을 통해 그 친구는 소蕭씨 성을 가졌으며 시어사侍御司라는 벼슬을 맡은 적이 있다는 정도를 알 수 있다. 보내온 친구의 글은 풍격이 높아 시인은

답장을 하면서도 민망한 생각이 든다고 겸손해한다. 그리고 답하는 내용은 어제 저녁 보았던 강남의 멋진 가을 풍경이다. 이처럼 옛 문인들은 가을이면 친지나 벗들과 더욱 자주 편지를 주고받았다. 서신에서는 그리움을 전달하는 동시에 그동안 갈고 닦은 자신의 문장 실력을 은근히 뽐내기도 하였다. 그렇게 가을은 문학의 계절이 되고 시의 계절이 되었다.

이처럼 가을에는 비록 감성이 무딘 사람이라 할지라도 아련한 그리움에 젖고 또 우수수 바람에 휘날리는 낙엽을 보면서 자신도 모르게 흔들리는 내면의 동요를 경험하게 되는데, 이는 먼 옛날부터 내려오는 전통의 힘 때문이 아닐까 생각해 본다.

## 3. 국화주를 마시며 산수유를 꽂다

가을철 풍속으로 우리나라의 가장 큰 명절은 아무래도 음력 팔월 보름의 한가위일 것이다. 추석에는 멀고 가까운 곳에서 교통대란을 무릅쓰고 모인 가족들이 한 해의 수확에 감사해하고 조상들께 차례를 올리며 돈독한 혈육의 정을 다진다. 그리고 그날 저녁에는 밝고 둥글게 떠오르는 한가위 보름달을 보면서 각자의 소원을 빌며 또다시 세파를 헤쳐 나갈 힘을 충전한다.

추시 속에 나타나는 대표적인 가을문화는 아무래도 중양절에 행해지는 등고登高의 풍속을 들지 않을 수 없다. 중양절은 음력 9월 9일로 최고의 양수인 9가 겹친 날이라 해서 중구절重九節이라고도 부르는데, 그날의 유래에 대해서는 다음과 같은 기록이 있다.

환경은 비장방을 따라 유학한 지 여러 해가 되었다. 어느 날 비장방이 말하길 "9월 9일 너의 집에 재앙이 있을 것이다. 너는 가족들에게 주머니를 만들게 하여 그 속에 수유를 담아 팔뚝에 매달고 높은 곳에 올라가 국화주를 마시면 화를 피할 수 있을 것이다"라고 하였다. 이에 환경이 그의 말을 좇아 온 가족을 거느리고 높은 곳에 올라갔다가 저녁에 돌아와 보니 닭, 개, 소, 양이 일시에 죽어

있었다.[10]

고대 어느 시기에 전염병이 유행하였고, 그 기미를 알아차린 도사 비장방의 권유로 가족들과 함께 재난을 피했던 환경의 이야기에서 등고의 풍습이 유래한 것으로 되어 있다. 이처럼 원래 등고는 재앙을 물리치려는 벽사辟邪의식에서 비롯되었다. 그러나 훗날에 이르러서는 여기에 장수를 추구하는 민간인들의 기원이 깃들게 되면서 가족, 친구들과 함께 높은 곳으로 올라가 국화주를 나누어 마시고 중양 떡을 나누어 먹는 고유의 중양절 풍속으로 발전하였다. 이러한 세시풍속을 보여 주는 문인들의 작품은 대단히 많은데, 먼저 곽원진郭元振의 작품을 살펴본다.

추가秋歌

수유 주머니는 악을 물리치고 　　　　　　辟惡茱萸囊
　　　　　　　　　　　　　　　　　　　　　　　　벽 악 수 유 낭

국화주는 장수하게 한다네. 　　　　　　　延年菊花酒
　　　　　　　　　　　　　　　　　　　　　　　　연 년 국 화 주

그대와 애틋한 정을 맺으리니 　　　　　　與子結綢繆
　　　　　　　　　　　　　　　　　　　　　　　　여 자 결 주 무

---

10) 吳均, 『續齊諧記』, "桓景隨費長房遊學累年. 長房謂曰, 九月九日汝家中當有災. 宜急去, 令家人各作絳囊, 盛茱萸以繫臂, 登高飮菊花酒, 此禍可除. 景如言齊家登山, 夕還, 見鷄犬牛羊一時暴死."

일편단심에 이 말고 무엇이 더 있겠는가?    丹心此何有
                                        단 심 차 하 유

　　제목이 '가을 노래'인데 1, 2구에서는 중양절에 행해지는 등고의
유습을 그대로 적고 있다. 수유 주머니를 차고 국화주를 마시는 중
양절의 전통이 가을의 대표 행사임을 알 수 있다. 3, 4구에서는 누군
가와 깊은 정을 맺기를 원한다면 역시 중양절에 등고를 함께 하는
것보다 더 의미 깊은 일이 무엇이겠느냐는 반문을 통해 인간관계를
돈독히 하는 데 있어서 등고의 행사를 함께 하는 것보다 더 나은
것이 없다는 메시지를 전하고 있다.
　　다음은 왕유의 작품이다.


### 구월구일억산동형제九月九日憶山東兄弟

홀로 타향의 낯선 나그네 되어            獨在異鄕爲異客
                                        독 재 이 향 위 이 객

명절을 만날 때면 가족 생각 배로 나네.    每逢佳節倍思親
                                        매 봉 가 절 배 사 친

멀리서 알겠거니, 형제들 높은 곳에 올라    遙知兄弟登高處
                                        요 지 형 제 등 고 처

모두 수유 꽂으며 한 사람 부족하다 하겠지.  遍揷茱萸少一人
                                        편 삽 수 유 소 일 인


　　이 시는 왕유가 17세 때 객지에 거주하면서 지은 것이라고 한다.

비록 성인이라 할지라도 타향에서 홀로 명절을 보내는 일은 쉽지 않을 터인데, 감수성이 예민한 사춘기에 타향에서 홀로 명절을 지내 려니 가족들에 대한 그리움이 애절하였을 것이다. 그 마음을 시인은 첫 구에서 "홀로 이향異鄕의 이객異客이 되었다"라고 표현한다. 이異 자를 반복해서 사용함으로써 낯선 타향의 나그네 신세와 고독한 심 사를 부각한다. 왕유는 아래로 네 남동생을 두고 여동생도 여럿 둔 장남이었다고 한다. 때문에 명절날 가족을 떠나 있는 그의 안타까움 은 각별했을 것이다. 그리하여 가만히 고향의 가족들이 지금쯤 무슨 일을 하고 있을지 상상한다. 아우들은 모두 등고하여 머리에 수유가 지를 꽂으며 함께하지 못하는 형을 그리워할 것이다. 가족들의 섭섭 한 마음을 헤아려 자신의 애틋한 육친의 정을 토로하고 있다.

도연명 또한 중양절에 쓴 「구일한거」라는 시의 서문에서 다음과 같이 말하고 있다.

> 나는 한가히 살면서 중양절이라는 이름을 좋아한다. 가을 국화가 뜰에 가득하지만 술을 얻을 길이 없으니, 빈속에 국화 꽃잎을 따 먹으면서 감회를 적어 본다.[11]

---

11) 陶淵明, 「九日閑居幷序」, "余閑居, 愛重九之名. 秋菊盈園, 而持醪靡由, 空服九華, 寄懷 於言."

가난한 시인의 집에서는 떠들썩한 중양절이 오히려 더욱 쓸쓸하다. 이날은 다 함께 높은 곳으로 올라가 즐겁게 국화주를 나누어 마시고 떠들썩하게 장수를 기원하면서 세시풍속을 즐겨야 하건만, 홀로 먹을 갈아 시를 쓰며 중양절을 보내고 있다. 정작 술을 마셔 주어야 할 가절을 만났지만 애주가인 시인은 술을 구할 길이 없다. 그리하여 "술은 온갖 근심을 없애 주고/ 국화는 늙음을 막아 준다네/ 어찌하여 초가집의 선비는/ 부질없이 세월만 보내는가"[12]라며 애처로운 탄식을 쏟아낸다. 그런 가운데서도 시인은 "나는 중양절이라는 이름을 좋아한다"라는 천진스러운 고백을 한다.

다음은 두보의 「등고」로, 고독의 절정을 느끼게 하는 작품이다.

### 등고登高

| | |
|---|---|
| 바람 급하고 하늘 높은데 원숭이 울음 애절하고 | 風急天高猿嘯哀<br>풍 급 천 고 원 소 애 |
| 맑은 물가 하얀 백사장엔 새들이 날며 맴도네. | 渚淸沙白鳥飛迴<br>저 청 사 백 조 비 회 |
| 끝없이 펼쳐진 숲에는 낙엽이 스산하게 지고 | 無邊落木蕭蕭下<br>무 변 낙 목 소 소 하 |
| 쉼 없이 흐르는 장강은 넘실넘실 밀려오네. | 不盡長江滾滾來<br>부 진 장 강 곤 곤 래 |

---

12) 陶淵明, 「九日閑居」, "酒能祛百慮, 菊爲制頹齡. 如何蓬廬士, 空視時運傾."

만리타향에서 늘 나그네 신세라 가을이 서럽고　萬里悲秋常作客
　　　　　　　　　　　　　　　　　　　　　　　만 리 비 추 상 작 객

한평생 병 많은 몸 홀로 누대에 오른다.　　　　百年多病獨登臺
　　　　　　　　　　　　　　　　　　　　　　　백 년 다 병 독 등 대

고단한 삶의 한인 양 귀밑머리는 백발이 성성하고　艱難苦恨繁霜鬢
　　　　　　　　　　　　　　　　　　　　　　　간 난 고 한 번 상 빈

늙고 쇠하여 새로이 탁주잔마저 끊어야 하네.13)　潦倒新停濁酒杯
　　　　　　　　　　　　　　　　　　　　　　　요 도 신 정 탁 주 배

　이 시는 두보가 삼협 부근의 기주 땅에서 「추흥」 8수를 쓸 무렵 함께 쓴 것으로 알려지고 있다. 만리타향에서 늙고 병든 몸으로 하루하루 살아가기도 힘든 곤고한 처지에 세시풍속인 중양절을 만났다. 가절이라고는 하지만 아는 사람 하나 없는 객지에서 가난하기까지 한 그는 홀로 쓸쓸히 등고한다. 높은 곳에 올라가 광활한 공간을 바라보니 자신의 고단했던 일생이 파노라마처럼 스치며 처연한 슬픔이 밀려온다.

　이 시는 두보보다 약간 앞선 시기를 살았던 진자앙陳子昂의 "앞을 바라보아도 옛사람 보이지 않고/ 뒤를 돌아봐도 오는 사람 보이지 않네/ 천지의 아득함을 생각하며/ 홀로 슬프게 눈물 흘리네"14)라는

---

13) 邱燮友 注譯, 『唐詩三百首』, 364쪽, "潦倒는 杜甫가 당시 肺疾을 앓고 있었음을 말한다. 新停濁酒杯는 병으로 인해 술을 경계한다는 의미이다." 潦倒에 대해서는 이 외에도 여러 가지 해설이 있다. 어떤 이는 물밀듯이 밀려드는 슬픈 감회로 해석하기도 하고, 또 어떤 이는 盧와 皓의 半切로 보아 老의 뜻이라고 하면서 늙음이 이르러서라는 의미로 해석하기도 한다.

절대고독의 감성과 이어지면서도 현실적인 아픔이 더욱 처절하게 들어 있다. 그리하여 이 시 속에 두보 인생의 8가지 슬픔이 모두 녹아 있다고 평가하는 학자도 있다. 자신의 인생 경험에 비추어 하나하나 헤아려 보는 것도 의미 있을 것 같다. 내용에 나타나고 있는 객客, 다병多病, 독獨, 간난艱難, 한恨, 상빈霜鬢 등 시인의 처지를 형용하는 낱말과 원소猿嘯, 낙목落木 등의 가을 의상이 중첩되면서 비추감성을 형성한다. 시의 형식에 있어서도 정련한 대구와 한숨을 토해 내는 듯한 애哀, 회迴, 래來, 대臺, 배杯 등의 압운으로 인해 중국인들의 보편적 슬픔인 추창惆愴을 강하게 느낄 수 있다. 그리하여 이 작품은 국가의 불행은 시인의 행운이요 문인의 처지가 고통스러울수록 빼어난 작품이 나온다고 주장하는 비평가들의 인식이 틀리지 않았음을 확인해 준다.

두보의 「등고」는 자신의 인생 회한을 비추감성으로 표현한 시인의 울음이었다. 한유는 무릇 사물은 평정을 유지하지 못할 때에 운다고 하였으며, 청대에 갑골문을 발견한 학자로 유명한 유악劉鶚도 『노잔유기老殘遊記』 서문에서 문학작품을 작가의 울음으로 파악하였다.

---

14) 陳子昂,「登幽州臺歌」, "前不見古人, 後不見來者. 念天地之悠悠, 獨愴然而涕下."

「이소」는 굴원의 울음이고, 『장자』는 장주의 울음이며, 『초당시집』
은 두보의 울음이다. 이후주는 사詞를 빌려 울었고, 팔대산인은 그
림으로 울었다. 왕실보는 『서상기』에 울음을 담았고, 조설근은 『홍
루몽』에 울음을 담았다.[15]

위대한 문인들이 남겼던 문학작품을 모두 작가 개인의 처절했던
삶의 몸부림으로 받아들인 것이다. 현대를 살아가는 우리들 또한 마
음의 평정을 유지하면서 살아가기가 쉽지 않다. 그리하여 울고 싶은
상황에 직면할 때가 많은데, 그때마다 "신神은 인생이라는 주머니에
누구를 막론하고 달콤한 사탕과 쓴 사탕을 똑같은 숫자로 채워놓는
다"라고 중얼거려도 좋을 것 같다. 그래도 극복되지 않는 슬픔이 있
다면 그 슬픔을 껴안으며 깊이 침잠해 보는 것도 한 방법이 될 것이
다. 슬픔은 자신을 깊이 성찰하게 해 줄 뿐 아니라 복잡한 현실을
비교적 정확하게 판단하게끔 도와주는 매우 유용한 감성이기 때문
이다.

---

15) 『老殘遊記』, 「自序」, "離騷爲屈大夫之哭泣, 莊子爲蒙叟之哭泣, 史記爲太史公之哭泣,
草堂詩集爲杜工部之哭泣. 李後主以詞哭, 八大山人以畵哭. 王實甫寄哭泣於西廂, 曹雪芹
寄哭泣於紅樓夢."

# 찾아보기

## ◀ 예문서원의 책들 ▶

### 원전총서
박세당의 노자 (新註道德經) 박세당 지음, 김학목 옮김, 312쪽, 13,000원
율곡 이이의 노자 (醇言) 이이 지음, 김학목 옮김, 152쪽, 8,000원
홍석주의 노자 (訂老) 홍석주 지음, 김학목 옮김, 320쪽, 14,000원
북계자의 (北溪字義) 陳淳 지음, 김충열 감수, 김영민 옮김, 295쪽, 12,000원
주자가례 (朱子家禮) 朱熹 지음, 임민혁 옮김, 496쪽, 20,000원
서경잡기 (西京雜記) 劉歆 지음, 葛洪 엮음, 김장환 옮김, 416쪽, 18,000원
고사전 (高士傳) 皇甫謐 지음, 김장환 옮김, 368쪽, 16,000원
열선전 (列仙傳) 劉向 지음, 김장환 옮김, 392쪽, 15,000원
열녀전 (列女傳) 劉向 지음, 이숙인 옮김, 447쪽, 16,000원
선가귀감 (禪家龜鑑) 청허휴정 지음, 박재양 · 배규범 옮김, 584쪽, 23,000원
공자성적도 (孔子聖蹟圖) 김기주 · 황지원 · 이기훈 역주, 254쪽, 10,000원
공자세가 · 중니제자열전 (孔子世家 · 仲尼弟子列傳) 司馬遷 지음, 김기주 · 황지원 · 이기훈 역주, 224쪽, 12,000원
천지서상지 (天地瑞祥志) 김용천 · 최현화 역주, 384쪽, 20,000원
도덕지귀 (道德指歸) 徐命庸 지음, 조민환 · 장원목 · 김경수 역주, 544쪽, 27,000원
참동고 (參同攷) 徐命庸 지음, 이봉호 역주, 384쪽, 23,000원
박세당의 장자, 남화경주해산보 내편 (南華經註解刪補 內篇) 박세당 지음, 전현미 역주, 560쪽, 39,000원
초원담노 (椒園談老) 이충익 지음, 김윤경 옮김, 248쪽, 20,000원
여암 신경준의 장자 (文章準則 莊子選) 申景濬 지음, 김남형 역주, 232쪽, 20,000원

### 연구총서
논쟁으로 보는 중국철학 중국철학연구회 지음, 352쪽, 8,000원
논쟁으로 보는 한국철학 한국철학사상연구회 지음, 326쪽, 10,000원
현대의 위기 동양 철학의 모색 중국철학회 지음, 340쪽, 10,000원
역사 속의 중국철학 중국철학회 지음, 448쪽, 15,000원
공자의 철학 (孔孟荀哲學) 蔡仁厚 지음, 천병돈 옮김, 240쪽, 8,500원
맹자의 철학 (孔孟荀哲學) 蔡仁厚 지음, 천병돈 옮김, 224쪽, 8,000원
순자의 철학 (孔孟荀哲學) 蔡仁厚 지음, 천병돈 옮김, 272쪽, 10,000원
유학은 어떻게 현실과 만났는가 — 선진 유학과 한대 경학 박원재 지음, 218쪽, 7,500원
역사 속에 살아있는 중국 사상 (中國歷史に生きる思想) 시게자와 도시로 지음, 이혜경 옮김, 272쪽, 10,000원
덕치, 인치, 법치 — 노자, 공자, 한비자의 정치 사상 신동준 지음, 488쪽, 20,000원
리의 철학 (中國哲學範疇精髓叢書 — 理) 張立文 주편, 안유경 옮김, 524쪽, 25,000원
기의 철학 (中國哲學範疇精髓叢書 — 氣) 張立文 주편, 김교빈 외 옮김, 572쪽, 27,000원
동양 천문사상, 하늘의 역사 김일권 지음, 480쪽, 24,000원
동양 천문사상, 인간의 역사 김일권 지음, 544쪽, 27,000원
공부론 임수무 외 지음, 544쪽, 27,000원
유학사상과 생태학 (Confucianism and Ecology) Mary Evelyn Tucker · John Berthrong 엮음, 오정선 옮김, 448쪽, 27,000원
공자曰, 공자는 이렇게 말했다 안재호 지음, 232쪽, 12,000원
중국중세철학사 (Geschichte der Mittelalterischen Chinesischen Philosophie) Alfred Forke 지음, 최해숙 옮김, 568쪽, 40,000원
북송 초의 삼교회통론 김경수 지음, 352쪽, 26,000원
죽간 · 목간 · 백서, 중국 고대 간백자료의 세계 1 이승률 지음, 576쪽, 40,000원
중국근대철학사 (Geschichte der Neueren Chinesischen Philosophie) Alfred Forke 지음, 최해숙 옮김, 936쪽, 65,000원
리학 심학 논쟁, 연원과 전개 그리고 득실을 논하다 황갑연 지음, 416쪽, 32,000원

## 한국철학총서

조선 유학의 학파들  한국사상사연구회 편저, 688쪽, 24,000원
실학의 철학  한국사상사연구회 편저, 576쪽, 17,000원
퇴계의 생애와 학문  이상은 지음, 248쪽, 7,800원
조선유학의 개념들  한국사상사연구회 지음, 648쪽, 26,000원
유교개혁사상과 이병헌  금장태 지음, 336쪽, 17,000원
남명학파와 영남우도의 사림  박병련 외 지음, 464쪽, 23,000원
쉽게 읽는 퇴계의 성학십도  최재목 지음, 152쪽, 7,000원
홍대용의 실학과 18세기 북학사상  김문용 지음, 288쪽, 12,000원
남명 조식의 학문과 선비정신  김충열 지음, 512쪽, 26,000원
명재 윤증의 학문연원과 가학  충남대학교 유학연구소 편, 320쪽, 17,000원
조선유학의 주역사상  금장태 지음, 320쪽, 16,000원
율곡학과 한국유학  충남대학교 유학연구소 편, 464쪽, 23,000원
한국유학의 악론  금장태 지음, 240쪽, 13,000원
심경부주와 조선유학  홍원식 외 지음, 328쪽, 20,000원
퇴계가 우리에게  이윤희 지음, 368쪽, 18,000원
조선의 유학자들, 켄타우로스를 상상하며 理와 氣를 논하다  이향준 지음, 400쪽, 25,000원
퇴계 이황의 철학  윤사순 지음, 320쪽, 24,000원
조선유학과 소강절 철학  곽신환 지음, 416쪽, 32,000원

## 성리총서

송명성리학 (宋明理學)  陳來 지음, 안재호 옮김, 590쪽, 17,000원
주희의 철학 (朱熹哲學硏究)  陳來 지음, 이종란 외 옮김, 544쪽, 22,000원
양명 철학 (有無之境—王陽明哲學的精神)  陳來 지음, 전병욱 옮김, 752쪽, 30,000원
정명도의 철학 (程明道思想硏究)  張德麟 지음, 박상리·이경남·정성희 옮김, 272쪽, 15,000원
주희의 자연철학  김영식 지음, 576쪽, 29,000원
송명유학사상사 (宋明時代儒學思想の硏究)  구스모토 마사쓰구(楠本正繼) 지음, 김병화·이혜경 옮김, 602쪽, 30,000원
북송도학사 (道學の形成)  쓰치다 겐지로(土田健次郎) 지음, 성현창 옮김, 640쪽, 3,2000원
성리학의 개념들 (理學範疇系統)  蒙培元 지음, 홍원식·황지원·이기훈·이상호 옮김, 880쪽, 45,000원
역사 속의 성리학 (Neo-Confucianism in History)  Peter K. Bol 지음, 김영민 옮김, 488쪽, 28,000원
주자어류선집 (朱子語類抄)  미우라 구니오(三浦國雄) 지음, 이승연 옮김, 504쪽, 30,000원

## 불교(카르마)총서

학파로 보는 인도 사상  S. C. Chatterjee · D. M. Datta 지음, 김형준 옮김, 424쪽, 13,000원
유식무경, 유식 불교에서의 인식과 존재  한자경 지음, 208쪽, 7,000원
박성배 교수의 불교철학강의 : 깨침과 깨달음  박성배 지음, 윤원철 옮김, 313쪽, 9,800원
불교 철학의 전개, 인도에서 한국까지  한자경 지음, 252쪽, 9,000원
인물로 보는 한국의 불교사상  한국불교원전연구회 지음, 388쪽, 20,000원
은정희 교수의 대승기신론 강의  은정희 지음, 184쪽, 10,000원
비구니와 한국 문학  이향순 지음, 320쪽, 16,000원
불교철학과 현대윤리의 만남  한자경 지음, 304쪽, 18,000원
유식삼심송과 유식불교  김명우 지음, 280쪽, 17,000원
유식불교, 『유식이십론』을 읽다  효도 가즈오 지음, 김명우·이상우 옮김, 288쪽, 18,000원
불교인식론  S. R. Bhatt & Anu Mehrotra 지음, 권서용·원철·유리 옮김, 288쪽, 22,000원

## 강의총서

김충열 교수의 노자강의  김충열 지음, 434쪽, 20,000원
김충열 교수의 중용대학강의  김충열 지음, 448쪽, 23,000원
모종삼 교수의 중국철학강의  牟宗三 지음, 김병채 외 옮김, 320쪽, 19,000원

## 동양문화산책

주역산책 (易學漫步)  朱伯崑 외 지음, 김학권 옮김, 260쪽, 7,800원
동양을 위하여, 동양을 넘어서  홍원식 외 지음, 264쪽, 8,000원
서원, 한국사상의 숨결을 찾아서  안동대학교 안동문화연구소 지음, 344쪽, 10,000원
안동 금계마을 — 천년불패의 땅  안동대학교 안동문화연구소 지음, 272쪽, 8,500원
안동 풍수 기행, 와혈의 땅과 인물  이완규 지음, 256쪽, 7,500원
안동 풍수 기행, 돌혈의 땅과 인물  이완규 지음, 328쪽, 9,500원
영양 주실마을  안동대학교 안동문화연구소 지음, 332쪽, 9,800원
예천 금당실·맛질 마을 — 정감록이 꼽은 길지  안동대학교 안동문화연구소 지음, 284쪽, 10,000원
터를 안고 仁을 펴다 — 퇴계가 굽어보는 하계마을  안동대학교 안동문화연구소 지음, 360쪽, 13,000원
안동 가일 마을 — 풍산들가에 의연히 서다  안동대학교 안동문화연구소 지음, 344쪽, 13,000원
중국 속에 일떠서는 한민족 — 한겨레신문 차한필 기자의 중국 동포사회 리포트  차한필 지음, 336쪽, 15,000원
신간도견문록  박진관 글·사진, 504쪽, 20,000원
안동 무실 마을 — 문헌의 향기로 남다  안동대학교 안동문화연구소 지음, 464쪽, 18,000원
선양과 세습  사라 알란 지음, 오만종 옮김, 318쪽, 17,000원
문경 산북의 마을들 — 서중리, 대상리, 대하리, 김룡리  안동대학교 안동문화연구소 지음, 376쪽, 18,000원
안동 원촌마을 — 선비들의 이상향  안동대학교 안동문화연구소 지음, 288쪽, 16,000원
안동 부포마을 — 물 위로 되살려 낸 천년의 영화  안동대학교 안동문화연구소 지음, 440쪽, 23,000원
독립운동의 큰 울림, 안동 전통마을  김희곤 지음, 384쪽, 26,000원

## 일본사상총서

도쿠가와 시대의 철학사상 (德川思想小史)  미나모토 료엔 지음, 박규태·이용수 옮김, 260쪽, 8,500원
일본인은 왜 종교가 없다고 말하는가 (日本人はなぜ 無宗教のか)  아마 도시마로 지음, 정형 옮김, 208쪽, 6,500원
일본사상이야기 40 (日本がわかる思想入門)  나가오 다케시 지음, 박규태 옮김, 312쪽, 9,500원
일본도덕사상사 (日本道德思想史)  이에나가 사부로 지음, 세키네 히데유키·윤종갑 옮김, 328쪽, 13,000원
천황의 나라 일본 — 일본의 역사와 천황제 (天皇制と民衆)  고토 야스시 지음, 이남희 옮김, 312쪽, 13,000원
주자학과 근세일본사회 (近世日本社會と宋學)  와타나베 히로시 지음, 박홍규 옮김, 304쪽, 16,000원

## 노장총서

不二 사상으로 읽는 노자 — 서양철학자의 노자 읽기  이찬훈 지음, 304쪽, 12,000원
김항배 교수의 노자철학 이해  김항배 지음, 280쪽, 15,000원
서양, 도교를 만나다  J. J. Clarke 지음, 조현숙 옮김, 472쪽, 36,000원

## 역학총서

주역철학사 (周易研究史)  廖名春·康學偉·梁韋弦 지음, 심경호 옮김, 944쪽, 30,000원
송재국 교수의 주역 풀이  송재국 지음, 380쪽, 10,000원
송재국 교수의 역학담론 — 하늘의 빛 正易, 땅의 소리 周易  송재국 지음, 536쪽, 32,000원
소강절의 선천역학  高懷民 지음, 곽신환 옮김, 368쪽, 23,000원
다산 정약용의 『주역사전』, 기호학으로 읽다  방인 지음, 704쪽, 50,000원

## 경북의 종가문화

사당을 세운 뜻은, 고령 점필재 김종직 종가  정경주 지음, 203쪽, 15,000원
지금도「어부가」가 귓전에 들려오는 듯, 안동 농암 이현보 종가  김서령 지음, 225쪽, 17,000원
종가의 멋과 맛이 넘쳐 나는 곳, 봉화 충재 권벌 종가  한필원 지음, 193쪽, 15,000원
한 점 부끄럼 없는 삶을 살다, 경주 회재 이언적 종가  이수환 지음, 178쪽, 14,000원
영남의 큰집, 안동 퇴계 이황 종가  정우락 지음, 227쪽, 17,000원
마르지 않는 효제의 샘물, 상주 소재 노수신 종가  이종호 지음, 303쪽, 22,000원
의리와 충절의 400년, 안동 학봉 김성일 종가  이해영 지음, 199쪽, 15,000원
충효당 높은 마루, 안동 서애 류성룡 종가  이세동 지음, 210쪽, 16,000원
낙중 지역 강안학을 열다, 성주 한강 정구 종가  김학수 지음, 180쪽, 14,000원
모원당 회화나무, 구미 여헌 장현광 종가  이종문 지음, 195쪽, 15,000원
보물은 오직 청백뿐, 안동 보백당 김계행 종가  최은주 지음, 160쪽, 15,000원
은둔과 화순의 선비들, 영주 송설헌 장말손 종가  정순우 지음, 176쪽, 16,000원
처마 끝 소나무에 갈무리한 세월, 경주 송재 손소 종가  황위주 지음, 256쪽, 23,000원
양대 문형과 직신의 가문, 문경 허백정 홍귀달 종가  홍원식 지음, 184쪽, 17,000원
어질고도 청빈한 마음이 이어진 집, 예천 약포 정탁 종가  김낙진 지음, 208쪽, 19,000원
임란의병의 힘, 영천 호수 정세아 종가  우인수 지음, 192쪽, 17,000원
영남을 넘어, 상주 우복 정경세 종가  정우락 지음, 264쪽, 23,000원
선비의 삶, 영덕 갈암 이현일 종가  장윤수 지음, 224쪽, 20,000원
청빈과 지조로 지켜 온 300년 세월, 안동 대산 이상정 종가  김순석 지음, 192쪽, 18,000원
독서종자 높은 뜻, 성주 응와 이원조 종가  이세동 지음, 216쪽, 20,000원
오천칠군자의 향기 서린, 안동 후조당 김부필 종가  김용만 지음, 256쪽, 24,000원
마음이 머무는 자리, 성주 동강 김우옹 종가  정병호 지음, 184쪽, 18,000원
문무의 길, 영덕 청신재 박의장 종가  우인수 지음, 216쪽, 20,000원
형제애의 본보기, 상주 창석 이준 종가  서정화 지음, 176쪽, 17,000원
경주 남쪽의 대종가, 경주 잠와 최진립 종가  손숙경 지음, 208쪽, 20,000원
변화하는 시대정신의 구현, 의성 자암 이민환 종가  이시활 지음, 248쪽, 23,000원
무로 빛고 문으로 다듬은 충효와 예학의 명가, 김천 정양공 이숙기 종가  김학수, 184쪽, 18,000원
청백정신과 팔련오계로 빛나는, 안동 허백당 김양진 종가  배영동, 272쪽, 27,000원
학문과 충절이 어우러진, 영천 지산 조호익 종가  박학래 지음, 216쪽, 21,000원
영남 남인의 정치 중심 돌밭, 칠곡 귀암 이원정 종가  박인호, 208쪽, 21,000원
거문고에 새긴 외금내고, 청도 탁영 김일손 종가  강정화, 240쪽, 24,000원
대를 이은 문장과 절의, 울진 해월 황여일 종가  오용원, 200쪽, 20,000원
처사의 삶, 안동 경당 장흥효 종가  장윤수, 240쪽, 24,000원
대의와 지족의 표상, 영양 옥천 조덕린 종가  백순철, 152쪽, 15,000원

## 기타

다산 정약용의 편지글  이용형 지음, 312쪽, 20,000원
유교와 칸트  李明輝 지음, 김기주·이기훈 옮김, 288쪽, 20,000원
유가 전통과 과학  김영식 지음, 320쪽, 24,000원

## 퇴계원전총서

고경중마방古鏡重磨方 — 퇴계 선생의 마음공부  이황 편저, 박상주 역해, 204쪽, 12,000원
활인심방活人心方 — 퇴계 선생의 마음으로 하는 몸공부  이황 편저, 이윤희 역해, 308쪽, 16,000원
이자수어李子粹語  퇴계 이황 지음, 성호 이익·순암 안정복 엮음, 이광호 옮김, 512쪽, 30,000원